Alfred Schirokauer

Irrwege der Liebe

Verone

Alfred Schirokauer

Irrwege der Liebe

1st Edition | ISBN: 978-9-92500-105-7

Place of Publication: Nikosia, Cyprus

Erscheinungsjahr: 2013

TP Verone Publishing House Ltd.

Reproduktion des Originals in Großdruckschrift.

Irrwege der Liebe

I.

Oskar Wilm trat auf den kleinen Balkon seines Zimmers und blinzelte in die Sonne, die mit silberblanken Fingern in das Grün des Wassers tupfte. Er legte die Hände um den Hinterkopf und atmete tief und mit Behagen.

»Sapperment«, dachte er, »ist das eine Luft. Warm und mollig am Gaumen wie ein Weidenbausch und dabei von einer würzigen Frische auf der Zunge. – Das macht wohl, weil der alte Knabe da drüben sie ausatmet.«

Er nickte behaglich mit dem Kinn hinüber zu den schneeigen Zacken des Dent du Midi. Dann trat er vor bis zu dem Eisengitter des kleinen Balkons, lehnte sich mit den Armen auf das Geländer und sog die Landschaft in genießenden Zügen in sich ein.

Drüben, gerade vor ihm, jenseits des Sees, lag eine Bergkette, die Häupter von flatternden, sonnendurchglühten Wolkenstreifen umkrönt. Links blinkten diamanten die Fenster des Schlosses Chillon und weiter oben an der Spitze des Sees stand goldumsäumt der Kirchturm des kleinen Nestes Villeneuve. Nach rechts hin flutete das Wasser unabsehbar. Weit, weit, irgendwo dahinten in dem flimmernden Dunst, ahnte man lichtgesättigt die Dächer der Stadt Genf.

Hinter dem Garten, zwischen Zaun und See, lief die staubgepuderte Landstraße. Ein Lastwagen rasselte dort vorbei. Schwer gingen die feisten Pferde in ihrem Geschirr. Die Kumte wetzten weiße Schweißstreifen auf den braunen Nacken. Und schwer im Takt der ebenmäßigen Schritte schwangen die hellstimmigen Glocken, die den Tieren unter dem Halse hingen. Das Geläute brachte irgendwoher Erinnerungen an fette, grüne Matten des Oberlandes.

»Das ist nun Montreux«, dachte Wilm und stieß den Atem mit einer Inbrunst hervor, als wollte er den Hauch der Berliner Winterluft aus seiner Lunge herausfiltern.

Von Terrstet her zog dicht am Ufer entlang ein großer Kahn. In hehrer Anmut breiteten die Segel ihre Fittiche.

Wilms Augen blieben an den weißen, straffen Tüchern haften, im gurgelnden Kielwasser des Schiffes zogen seine Gedanken.

Etwas Schmerzliches sank in seine Brust. Es war, als käme es von den stolzen Linien dieses lateinischen Segels. »Das ist groß und rein«, dachte er. »Das ja.«

Und plötzlich war es ihm, als wäre er jetzt in einer fremden, neuen, klaren Welt und weit, dort hinten irgendwo, dort, wo der Nebel Himmel und Erde verhang, lag sein früheres Leben, sein gestriges noch, lag Berlin mit seiner seichten Heuchelei und unreinen Plattheit. Ja, ihm ward sehr traurig zu Sinn, während seine Gedanken hinter dem Kahne herglitten. Er dachte an die Schulzeit, als er gelernt hatte, dass noch heute, wie vor tausend Jahren, auf dem »lacus lemanus« das stolze lateinische Segel sich in Brauch erhalten habe. Ja, damals! Ihm war, als atme er plötzlich die Luft der Berliner Hörsäle, als röche er wieder diesen seltsamen Geruch, der das alte

Heinrichspalais durchweht. Er beugte sich tiefer nieder auf die Arme, die auf dem Balkongitter lagen. Träume, Fantastereien! Was war aus ihnen geworden! Damals hatte er sich eingebildet, er würde Einer werden. Hatte Pläne gehabt – Anläufe genommen. – Und dann war es ganz von selbst gekommen. Ohne große Entschlüsse – ganz selbstverständlich. Er hatte kleine Skizzen und Novelletten für Tageblätter geschrieben. Für kleine zuerst, dann hatten die großen ihm »ihre Spalten geöffnet«. Und heute war er bekannt als Verfasser dieser kleinen, feingeschliffenen Novellettchen, dieser pikanten. Und galt als Frauenkenner und Frauenverächter und Frauenverderber. Hatte sein malitiöses Lächeln um den ironisch verzogenen, bartlosen Mund und wurde gut bezahlt. Und Frau Professor Meyer und Frau Kommerzienrat Müller verschlangen mit Heißhunger jedes seiner Feuilletonbröckchen und plauderten davon mit Herrn Geheimrat Schulze: »Nicht wahr, diese Satire von Wilm im heutigen Tageblatt! So was Freies. Der kann eben alles sagen. Er hat so was Französisch-Prickelndes. Das hat sonst kein Deutscher. Er soll ja auch französisches Blut in den Adern haben – von der Mutter her. Ein reizender Mensch übrigens.«

Und Meyer und Müller und Schulze luden ihn ein und er ging, ging während der Futtersaison mindestens viermal in der Woche zu großen Gesellschaften und äugte vielsagend mit der immerhin nur halb verblühten Frau Meyer und beseligte als Tischnachbar das immerhin nur halbentblätterte Fräulein Schulze. Und mit Recht war sie beseligt. Denn erstens, nicht wahr, war er ein bekannter Schriftsteller. Und zweitens, nicht wahr, war er ein berüchtigter Frauenverächter. Man konnte also durch seine Bekehrung ihm und der Frauensache einen wackeren Dienst erweisen. Und drittens, nicht wahr, war seine Unterhaltung so himmlisch – gewagt. An der Grenze des Erlaubten strich sie wagemutig dahin. Und viertens – na ja. Grenzen fließen, und auch darüber, was erlaubt, ist, können moderne, freie Geister nur subjektiv urteilen. Kurz, die Jungfrauen von Berlin W. pflegten sich mit Herrn Oskar Wilm sehr gut und eingehend zu unterhalten. Bei Tisch und auch sonst. Sehr gut und sehr eingehend. Und als sexueller Aufklärer war Wilm ein Kulturfaktor.

Der Kahn mit seinem stolzen Flügelpaar war Wilms Blicken entglitten. Er atmete schwer. »Red' dir nichts ein, alter Freund,« lächelte er in sich hinein und zog seinen beweglichen Mund in die »entzückend-unverschämten« Falten. »du hast doch deine Freude dran gehabt.«

»Ja – ja,« gestand er sich ärgerlich und sah missmutig über das Wasser hin, das jetzt ein blauer Schild war mit silbernen Buckeln. Aber etwas war doch immer in ihm gewesen, wenn er nachts zu seiner Wohnung hinaufstieg: – Ekel und Erwartung. Ja, Erwartung. Das bestimmte Gefühl, dass alles nur Übergang war, Durchgangsstadium, dass das Leben, das richtige, rechte, wahre Leben, hinter all diesem Kitsch liege und dass es kommen würde eines Tages. Wie? – ja, das hatte er nicht gewusst. Es war auch nur eine Ahnung gewesen. Aber kommen würde es, das fühlte er, und ihm all dieses Getändel und diese hohle Nichtigkeit aus der Brust räumen und ihn zu einem festen Lebenskämpen schmieden, der stark war, eine Kunst zu schaffen, die das Leben und den Daseinskampf lohnte.

Wilm reckte sich hoch auf und krallte die Finger ingrimmig um das Geländer. Er starrte hinüber zu den schneebedeckten Firnen.

»Hier will ich es versuchen«, dachte er. »Hier herauswachsen aus dem Berliner Wust und Kleinkram. Und ein Kerl werden wie ihr da drüben. Und schaffen – schaffen –« er reckte die Arme, dass die Gelenke knackten – »ja schaffen. Ein großes Buch. Ein Buch, in dem ein Mensch pulsiert. Ein ernstes, wahres Lebensbuch, ohne Spötteln, ohne Kritteln, ohne kleine, eklige Witzelei – ein Buch grad, hoch und rein wie die Firne.«

Das wollte er hier in diesem Frühlingswehen schreiben. Was es werden sollte, wusste er selbst noch nicht recht. Greifbar lag noch kein Plan in ihm. Aber Ahnungen hatte er und die Sehnsucht, eine große, starke, reine Frau zu gestalten, eine, die anders war und fühlte, als sein Berliner Umgang.

Jetzt wurde es unten im Garten lebendig. Es mochte gegen zehn Uhr sein. Die Bewohner des Hotels schlüpften gemach aus ihrer nächtlichen Zurückgezogenheit hervor und nahmen ihre durch Gewohnheitsrecht ersessenen Plätze unter den schattigen Lauben ein.

»Dort unten in der Sonne muss es sich gut liegen«, dachte Wilm und schritt hinab. In der großen Halle des Hotels summte regsames Leben. Man kam und ging und ließ die Glocke des Fahrstuhls schwirren und las Zeitung und bedrängte den Portier nach der heimatlichen

Post und saß umher und plauderte und bändelte an und trieb all die wichtigen Harmlosigkeiten des Nichtstuns.

Mit Kennerblick überflog Wilm die einzelnen Gruppen. Eine gelinde Enttäuschung überkam ihn.

»Ist ja alles Philistergesippe,« staunte er und prüfte weiter. »Deutsche, englische, französische Spießerei. Hm!« er hatte sich das Publikum von Montreux anders gedacht.

»Aha,« machte er dann und beobachtete die kleinen Füßchen, die eben in champagnerfarbenen Chevreauschuhen oben auf dem weinroten Teppich der Treppe aufgleißten. Sie gehörten, wie sich bald zeigte, einer allerliebsten kleinen Französin.

»Na also,« atmete Wilm erleichtert auf, »es gibt hier schon allerhand. Nur Geduld.« Und er trat zur Treppe und schnitt unwillkürlich sein mokantestes Berlin-W-Gesicht.

Diesmal stürzte er sich allerdings ohne positiven Erfolg in Unkosten, da die junge Frau ihm auch nicht den hundertsten Bruchteil eines Blickes widmete, sondern mit einem viel gewährenden »Bon jour, mon ami« einem langen, eleganten Bengel (in Wilms Gedanken gedacht) entgegenhüpfte.

Wilm wandte sich zur Gartentür, sein sacht beleidigtes Gemüt mit linden Trostworten streichelnd. Was gingen ihn die Weiber hier an! Er wollte sich von der Sonne durchglühen, zu einem harten, edlen Stahl umschweißen lassen und dann geläuterten Sinnes schaffen. Na also! Was scherten ihn alle champagnerfarbenen Schuhchen der Welt nebst deren hüpfenden, in lange Bengel verschossenen Insassen!

Mit dieser löblichen Betrachtung trat er in den Garten, erspähte einen Liegestuhl, beschlagnahmte ihn, rückte ihn her, rückte ihn hin, bis er seinen Platz an der Sonne gewonnen hatte, legte sich nieder, streckte die Glieder faul von sich und ließ die Strahlen heiß und sengend auf seinen panamabehüteten Schädel niederprallen.

Er schloss wohlig die Augen und sog diese schwingende Lindheit des südlichen Frühlingsmorgens in sich hinein. Breit und mollig, wie Fluten lauen Wassers, rann die Wärme über seinen Körper. Und die Geräusche des Lebens schwammen in dieser tönenden Helle. Oben im Gesellschaftszimmer spielte jemand »An den Frühling« von Grieg. Die Klänge stiegen metallisch blank und doch irgendwie zart gedämpft in diese flimmernde Luft. Irgendwo in dieser lässigen Welt läutete eine Glocke. Hinter dem saftig grünen Gebüsch lachte eine ausgelassene junge Frauenstimme. Läutete hell auf – trillerte – Stille – jetzt schnellte sie noch einmal klingend auf. »Das war ein französisches Lachen,« huschte es Wilm müde und ergeben durch das Hirn, »so lacht man in Paris – vielleicht die Champagnerfarbene – meinetwegen –.«

Er dehnte sich und fühlte die Wärme in jede Pore hineinschlüpfen. Unter seinen geschlossenen Lidern schwellte purpurne Glut. Und ab und zu öffnete er die Augen ein wenig und blinzelte zu dem blendenden Wasser hinüber und lauschte matt und hingegeben dem schwirrenden Summen des Frühlingsmorgens.

»Ah«, dachte er, »hier brütet die Sonne alles Morsche aus unserem werten Gestell. Und am Abend, in der sinkenden Kühle, da werden die Gedanken kommen und die Ahnungen, die über dem Tage liegen und über der Berliner Nacht.«

Als die Glocke zum zweiten Male getrillert hatte, schlenderte Wilm mit wippendem, lässigem Schritt in den Speisesaal. Er hatte seinen kleinen Tisch für sich und blickte jäh belebt in das Scharren und Rücken der Füße und Stühle ringsum, das Klirren d«r Teller, das emsige Putzen der Messer und Gabeln, das von reinlichen, sorgsamen Hausfrauen vollstreckt wurde. Je tüchtiger eine war, desto mehr Zinken der Gabel piekte sie hierbei zur Abkürzung des Verfahrens durch die Serviette. Und Kellner liefen, und Mägde rannten und ein Geruch von Speisen dünstete über dem Saal.

Seine Suppe löffelnd, hielt Wilm Heerschau: stumm und gravitätisch kauende Angelsachsen, eifrig schwatzende Gallier, gierig schlingende Teutonen. Nichts Erregendes.

»Desto besser«, dachte er. »Hast du keine Ablenkung von außen, kannst du dich umso tiefer in dich selbst versenken.«

Er wandte sich demgemäß ernsthaft dem Essen zu.

Und da fand er »sie«, dicht neben seinem Tische natürlich. Der alte Goethe hat mit der geografischen Lage des Guten, wie mit allem anderen, Recht.

Das Gute saß also auch diesmal dicht bei ihm am Nebentisch, hatte ihm aber unhold den Rücken zugekehrt. Doch die Freude an ihrem Profile, das hell vom Sonnenlicht bestrahlt sichtbar wurde, wenn sie sich zu ihrer Gefährtin wandte, und an dem Haar, das prachtvoll braun und üppig aus der hohen Halskrause hervorquoll, durchbebte sein Gemüt mit jenem leisen, ahnungsschweren Zittern, das dem erfahrenen Manne das Nahen einer Episode verrät.

Nach einem kurzen, aber ungemein ablehnenden Begutachten der Begleiterin, auf deren glatten Zügen die Hauptglaubensartikel der Hochkirche von England, eingeätzt schienen, wandte Wilm seine erneute Teilnahme dem Profile zu. Es war ein schönes Gesicht, sicher. Aber das war nicht das lebhaft Anziehende darin. Das Bannende wer der Hauch rührender Ergebung auf dem zarten Blau, das dieses dunkle, abgründige Auge umschattete.

Nachdem der Schilderer fraulicher Anmut die runden, weichen Schultern und die schmiegsame Rückenpartie, die sich lebendig warm unter der dünnen bastseidenen Bluse bewegte, mit anerkennender Sorgfalt gewürdigt hatte, erwachte sein Interesse für das Nationale: wer war sie, was war sie, woher kam sie der Fahrt? Er hatte in solchen Dingen ein solides Vertrauen in seine Seherkraft. Sie täuschte ihn nie.

Auch jetzt stellte er mit selbstgefälliger Genugtuung fest: Die Züge sind zwar so fein und durchsichtig, dass man ohne Weiteres auf die Französin, und zwar Pariserin vom reinsten Seinewasser, schließen könnte. Wohlverstanden: »man«. Krethi und Plethi. Leute, die nicht die feinsten, kaum angedeuteten Linien eines Frauenantlitzes enträtseln verstehen. Ein Mann wie Dr. Oskar Wilm las anders. Da war doch so manches in diesem

Profil, z. B. die etwas kräftig vorspringende Nase, das auf andere Abstammung deutete. Nämlich auf angelsächsische. Ohne Zweifel, sie war Engländerin. Vielleicht Irin. In Dublins fair city wachsen solche holde Blumen.

Er war sehr befriedigt ob seiner untrüglichen Spürnase, ihrem Objekt und der flaumigen Omelette, die vor ihm duftete. Er genoss allesamt mit sachverständigem Behagen.

Solch Weltbad hatte doch ganz eigenartige Vorteile. Man kam mit Leuten aus aller Welt zusammen, lernte ihre Sitten und Ansichten kennen, erweiterte seinen Horizont und erkannte immer eindringlicher, dass hinter dem Berge auch Menschen wohnen. Und zwar mitunter Prachtexemplare wie diese Dublinerin. Wilm hatte schon immer für das alte England, und zumal seine Beiländer Schottland und Irland, geschwärmt. Seine erste Liebe war ein herziges, sinniges Ding aus Newport am Tay gewesen.

Siebzehn war er und sie sechzehn. In Berlin in Pension. O ja, er hatte immer für das »vereinigte Königreich« von Groß-Britannien eine besondere, begründete Schwäche besessen. Und wenn jetzt diese schöne Irin –

In diesem Augenblick enttäuschte ihn das undankbare vereinigte Königreich nicht wenig. Denn der Oberkellner, der jeden Gast in seiner Landessprache anzugehen pflegte, war soeben an den Nebentisch getreten und hatte gefragt: »Sind gnädiges Fräulein mit allem zufrieden?« Worauf die Autochthonin der schönen Stadt Dublin erwiderte: »O, danke sehr.« Und dann entspann sich zwischen ihr und dem Häuptling der dienstbaren Männer ein kurzes Gespräch über die entwickelungsfähige Frage, ob wohl morgen, übermorgen oder erst überübermorgen ein Umschlag des Wetters zum Bösen zu erwarten sei. Das Deutsch wurde an den grünen Gestaden Irlands nicht gelehrt.

»Also Deutsche,« zürnte ihr Wilm und brach seine sinnreichen Erörterungen über die Reize des Weltbades kurz ab. Die erschienen ihm nun doch etwas vergeudet bei einem Profil, das sich allem Anschein nach von seinem Kinderwagen aus zuerst dem Kölner Dom zugewandt hatte.

In diesem Augenblick stand die Begleiterin auf. Aha, jetzt würde er endlich ihr Gesicht voll sehen. Er blickte gespannt hin, senkte aber in jäher Scheu die Augen und hob sie nicht wieder, bis die beiden Frauen den Saal verlassen hatten.

Etwas sehr Peinvolles war geschehen.

II.

Wilm saß lange gedankenverloren und malte wirre Kringel mit dem Zeigefinger auf das weiße, gasthausfeuchte Tischtuch. Die kindlich frivole Tändelei war einem schmerzlichen, mitleidenden Bedauern mit der Fremden gewichen. In dem kurzen Augenblick, in dem er ihr ins Gesicht sah, als sie sich von ihrem Sessel emporraffte, hatte er gesehen, dass sie kaum über zwanzig war. So jung war sie und schon so fraulich still ergeben! Schüchtern, mit einem Zucken um den bleichen Mund, als bäte sie um Vergebung für ihre Schwäche, hatte sie die zarte, blaugeäderte Hand unter den Arm der Wärterin geschoben und war davongewankt. Ein seltsames Zittern schüttelte den jungen Körper, der Kopf mit der hübschen, fast koketten Frisur bebte hin und her, die Hände fingerten in der Luft, und mit unsicher tastenden Füßen schwankte sie an dem starken Arm der Begleiterin durch die brutal neugierig gaffenden Schmauser.

Eine stille Wandlung vollzog sich in des Schriftstellers empfänglichem Gemüt, während er auf den Tisch niederstarrte. Dieses bedauernswerte junge Geschöpf, dem eine bösartige Krankheit am Lebensmark zehrte! Das arme junge Mädel! Was mochte es durchgerungen haben, bis dieser abgeklärte Glanz sich um seine reine Stirn gewunden hatte! Welche zähneknirschenden Kämpfe mochten hinter dieser scheulächelnden Ruhe liegen, welche ohnmächtige, wütende Auflehnung gegen das unentrinnbare, grausame Geschick!

Ihm wurde sehr ernst und herb zu Sinn. Es war ihm, als habe ein großes Schicksal ihn gestreift. Er schämte sich der wägenden Blicke, mit denen er sie abgeschätzt hatte. Eine Entweihung ihrer grausamen Tragik dünkte es ihm. Welch starke Seele musste in diesem kranken Körper leben, dass dieses junge Weib es über sich gewann, sein Gebrechen mutig und unantastbar erhaben durch diese starrende Schar der Gaffer zu tragen.

Er blickte grübelnd zum Fenster hinaus, das sich dicht neben seinem Platze öffnete. Da gewahrte er sie unten im Garten. Sie lag auf einem Liegesessel, die Wärterin breitete gerade eine Decke unter ihre Knie. Sie streckte sich in der Sonne und lächelte dankbar und schüchtern zu der Frau auf.

Warum reist sie allein? Schoss es Wilm durch den Kopf. Hat sie keine Verwandten, nicht Eltern, nicht Geschwister, dass sie ihre Fürsorge dieser bezahlten fremden Person anvertrauen muss?

Jetzt entfernte sich die Pflegerin.

Die Kranke dehnte sich in den warmen Fluten, verkettete mit Anstrengung die zitternden Hände unter dem Hinterkopf und hob das Gesicht dem sonnenflimmernden Himmel entgegen. Eine wundersam verklärte Befriedigung strahlte über das bleiche Gesicht. Plötzlich blickte Wilm zur Sonne empor. Es war ihm, als wäre ein jäher Schatten über sie hingezogen und die Welt trübe und düster geworden. Doch wie eine weißgleißende Dolchspitze durchbohrte die Sonne das stählerne Blau und zwang jedes empordringende Auge nieder mit blendender Gewalt. Nein, es war Täuschung. Nur in den Zügen der Kranken war plötzlich aller Glanz erloschen. Die Augen zogen sich zusammen und bildeten tiefe, dunkle Falten um die Nasenwurzel. Der Mund hatte sich bitter tief in das Kinn mit schneidenden Schmerzenslinien hinabgegraben. Wilm starrte bewegt drein. »Also das ist dein wahres Gesicht,« durchleuchtete ihn eine traurige Erkenntnis. »Und das ergebene, scheue, das du uns und deiner Wärterin bietest, ist Maske.«

Die Kranke hatte die Augen geschlossen. Wilm sah, dass es zuckende Lider waren, mit seinen violetten Äderchen auf dunklem, fast schwarzem Grunde. Wie die Maske einer Toten, die sich in qualvollem Ringen die große Ruhe erkämpft hat, leuchtete mit stumpfwächsernem Glanze ihr Gesicht. Jetzt schlug sie die Augen auf und Wilm blickte in ihre feucht schimmernden Augensterne, wie in einen tiefen See des Wehs.

Sie hatte offenbar seinen Blick gefühlt, denn plötzlich ebbte die Trauer aus den Zügen und wie eine friedliche, stille Landschaft ruhte ihr Gesicht in dem weichen, weißen Kissen.

Da erhob sich der Mann und ging hinaus. Eine seit den jungen Tagen nicht mehr empfundene Traurigkeit presste ihm die Brust. Er fühlte einen seltsamen Zwang, zu ihr zu treten und sie ohne Worte, ohne Erklärung zu streicheln. Doch als er an ihr vorbeikam, blickte er scheu nach der anderen Seite. Er öffnete das eiserne Gittertor und trat auf den Kai. Am Ufer schlenderte er entlang, mietete dann ein Boot und ruderte in den See hinaus.

Bald zog er die Riemen ein, von denen das Wasser in regenbogenfarbenen Tropfen herabträufelte, umfasste die Knie mit den Armen, beugte die Stirn tief herab und ließ sich von den sacht wippenden Wellen tragen.

Und plötzlich hatte er den Sinn für Zeit und Maß verloren. Nein, nein, er war nicht vor drei Tagen noch in Berlin einhergegangen. Und Melanie, die hübsche Frau des Komponisten, hatte ihn nicht zur Bahn geleitet und mit tränenfeuchter Stimme gerufen: »Komm bald zurück, mein Alles. Wie soll ich die Wochen ohne dich leben?« Das alles war Traum, war Leben, das früher einmal, vor langen, langen Jahren, in einer anderen Gestalt gelebt hatte. Das *konnte* nicht vorgestrige Wahrheit sein.

Er lauschte auf das Wasser, das gurgelnd an den Bootsplanken raunte.

Wie war die Welt doch still und groß. Ein weiter, heller Raum, schien sie ihm, ohne Luftdruck, ohne Erdenschwere. Und so leicht deuchte es ihn, sich hinauf zu schwingen in die lichtgetränkte Höhe.

Als er in den Garten zurückkehrte, lag die Kranke noch in ihrem Stuhle und blickte gedankenvoll auf zu dem weiß-glitzernden Himmel. Er ging an ihr vorüber und wählte seinen Platz in ihrer Nähe. Er tat es fast instinktiv. Jeder Wunsch, sich ihr zu nähern, lag ihm fern. Er fühlte dunkel, dass es gut sein müsse, ganz still im Bannkreise ihres Wesens zu liegen und ihr leises Atmen zu ahnen.

So lagen sie lange nebeneinander und dem Manne war, als schlage sich von ihr zu ihm eine Brücke warmer Luftperlen. Dieses Beisammensein in der schwebenden Wärme hatte etwas Gemeinsames, Verbindendes, schien ihm. Er konnte nur einen Schimmer ihres Busens sehen und die Knie, die sich unter dem dünnen Tuche scharf abzeichneten. Und doch war ihm, als hülle die gleiche Decke sie beide ein. Gut war das und traut, ohne jede Spur verletzender Sinnlichkeit.

Nebenan im Garten des Kurhauses spielte die Kapelle ihr Nachmittagskonzert. Ein sanfter Lufthauch wehte die Klänge mild herüber. Auf der anderen Seite des Gartens spielten drei kleine Mädchen. Wie eine Leuchtkugel flog der Gummiball durch die lichtgesättigte Luft. Die Blätter an den Akazien über ihnen bewegten sich leise und fächelten mit ihren vergrößerten, seltsam fingernden Schatten über den Kies des Gartens. In den duftenden Blumenbeeten, die das dunkle Grün der Rasenfläche farbenfreudig durchbrachen, summte eintönig aufdring-

lich eine Biene. Und wenn sich ihre Knie unter der Decke bewegten, war es ihm wie ein leises Berühren.

Da flog der Ball der Kinder auf seine Brust, prallte auf
und kegelte unter den Stuhl der Kranken. Wilm richtete
sich auf und lachte die Mädel an. Diese Bälger! Das sah
sehr nach Absicht aus.

Die jungen Schweizerinnen aber standen mit wichtigen
Mienen in der Nähe und hielten offenbar ernsten Kriegs-
rat. Mit ängstlichen Augen sahen sie zu der Fremden
hinüber, unter deren Stuhl der geliebte Spielgeselle ganz
traurig und blass kauerte. Jetzt richtete sich die Kranke
auf, lächelte die Kinder herzig an und versuchte den Ball
unter ihrem Stuhle zu fassen. Ihr Körper zuckte heftig.
Die Finger scharrten irre auf dem Kies. Da schrie das
Kleinste der Mädchen: »Sie wackelt wieder! Sie wackelt
wieder!!« Und mit entsetztem Gekreisch ergriffen alle
drei die Flucht.

Eine grauenvolle Stille hing' unter den Bäumen. Wilm
lag reglos in seinem Sessel und wagte kaum Atem zu
holen. Er hielt die Augen fest geschlossen, in törichter
Feigheit. Jetzt liegt sie drüben, dachte er, Seele und Körper zusammengekrampft. Zäh tauchte die Sage vom armen Heinrich in ihm auf, dem unglücklichen Kranken,
vor dem Alt und Jung schreckensbleich entflieht. Die
Stille wurde immer erdrückender. Er empfand, er müsste irgendetwas tun, sie zu bannen. Irgendetwas Feinfüh-
liges. Diese Last musste sie ersticken. Ihr die Kehle wür-
gen.

Er öffnete die Augen. Die Kranke lag langgestreckt, die
bleichen Hände hingen schlaff an den Seiten des Stuhles

herab. Ein leises, kaum wahrnehmbares Zittern bewegte die Finger.

Die Kleinen waren wieder näher gekommen und steckten flüsternd die blonden Locken zusammen. Es war ein Bild holdester Kindlichkeit.

Da stand Wilm auf, ging hinüber, holte den Ball und warf ihn den Kindern zu. »So«, rief er, »und nun spielt dort drüben weiter und stört hier nicht mehr.« Mit einem fröhlichen »Dank schön« trollte das grüne Kleeblatt von hinnen.

»Danke vielmals«, sagte die Kranke leise und hob kaum merklich die schweren Lider. »O bitte«, stammelte Wilm. Er stand da und wollte noch etwas sagen. Aber nichts Passendes fiel ihm ein. Nicht das Unbedeutendste fiel dem salongewandten, witzigen Oskar Wilm ein. Da ging er sinnend aus dem Garten und wanderte sinnend einsame Pfade hinauf nach Glion ins Gebirge. –

Am Abend, als er zum Essen kam, saß sie schon am Tische. Sie war einsilbig und ließ die Gefährtin plaudern. Ihr Haar war jetzt noch kunstreicher geflochten als am Mittag. Kleine braune, moderne Locken umkräuselten das dichte Geflecht am Hinterkopf. Sie trug ein duftiges weißes Seidenkleid. Um Schulter und Busen floss wie ein verwehender Hauch ein Schal aus zartem rosa Batist, so weich und duftig, dass es Wilm schien, der Widerschein des Firnenleuchtens spiele kosend um ihre volle, warme Brust, als die Sonne feuergarbensprühend über Genf in den See tauchte und den Gletscher des Dent du Midi purpurn umlohte.

»Wie schön ist das«, dachte Wilm, »und wie symbolisch. Die Menschen fürchten sie und laufen vor ihr davon, aber die reinen Höhen dort drüben umarmen sie liebreich.«

Obwohl er hinter ihr saß, wagte er aus Furcht, ihr lästig zu fallen, nicht recht, sie anzublicken. Doch wieder wirkte stark auf ihn die Ausstrahlung ihrer Nähe. Auch Einzelheiten sah er, wenn seine Blicke zufällig sie streiften. Die schöne Halslinie, das kleine rosa-zarte Ohr, die mit bewusster Sorgfalt gepflegten Nägel. »O, sie ist Weib.« lächelte er, »sie will gefallen, trotz ihrer Gebrechlichkeit. Wie seltsam solch Weibespsyche ist!«

Später am Abend saß Wilm in der Halle des Hotels und las. Da kam sie herein und ließ sich neben ihm nieder. Auch sie hatte ein Buch. Wilm erkannte es am Einband. Die griechischen Tragödien in der Übersetzung von Wilamowitz-Moellendorff waren es.

»Also das ist ihr Geschmack«, dachte er. Er wusste selbst nicht, weshalb er sich darüber freute. Was ging es ihn im Grunde an, was sie las? Und doch lächelte er still vor sich hin. Ja, so musste ihr Geschmack sein. Gerade diese schicksalsschweren Tragödien des Sophokles passten gut zu ihr. Ein moderner Roman in diesen Händen dünkte ihn ein peinlicher Widerspruch. Sie musste seinen Blick gefühlt haben. Denn jäh wandte sie sich zu ihm und sah ihm voll ins Gesicht. Er ließ die Augen sinken. Als er aufblickte, las sie wieder.

»Wie sensitiv sie ist«, grübelte er und sann über ihr Lächeln. Warum sah sie mich so an? So ernst und so gut? Weil sie empfindet, dass unter all diesen schwatzenden,

Karten spielenden Leuten ich der Einzige bin, der mit ihrem Schmerze fühlt? Und mehr lag in dem Blick, redete er sich ein. Ein Schrei um Hilfe, Sehnsucht nach Trost. Ein weißer Stern funkelte im Schwarz der Pupille: »Komm zu mir. Hier stehe ich in dunkler, eisiger Einsamkeit. Bring' mir Wärme und Helle.« Er blickte zu ihr hinüber. Mit bebenden Fingern wandte sie die Seite. Da lachte es in ihm auf. »Dichter, du, was du immer in die Menschen und Dinge hineinschaust! Zufällig hat sie dich gesehen, vielleicht nur optisch. Am Ende hat sie dich gar nicht bemerkt. Ihre Seele war vielleicht bei den mykänischen Gräueln des Äschylos.«

Ein wenig enttäuscht wandte er sich seinem Rousseau zu. In dieser Umgebung, in der sie handelte, wollte er die Heloise wieder lesen. Es war lange her, dass er ernste, starke Lektüre getrieben. Doch jetzt – jetzt – Da hörte er, wie die Kranke zu der Wärterin auf Englisch sagte, sie sei müde. Er ließ das Buch sinken und wollte weiter dieser klingenden Altstimme lauschen. Da – ja – sie hatte ihn doch angeblickt. Wieder so ernst und gut. Und weich. Wie ein Gruß zur Nacht war es. Nein, nein, er redete sich nichts ein. Und dann geschah etwas Seltsames.

*

Das Mädchen richtete sich ohne Stütze fest auf, die Wärterin bot ihr den Arm, sie wehrte ihn sanft lächelnd ab. Und dann ging sie straff aufgerichtet, mit kaum erkennbar schwankenden Schritten, fast ohne Zittern des Kopfes durch die dichtbesetzten Reihen der Stühle und Tische. Nur den gespreizten Fingern sah er die eiserne Anspannung der Kräfte an. Die Wärterin ging mit weit aufgerissenen Augen dicht neben ihr. Die Kranke schritt ohne Schwanken, ruhig und sicher, geraden Wegs auf den Fahrstuhl zu. Kein Unbeteiligter hätte ihr Gebrechen bemerkt. Wilm aber schien es, als schreite sie auf einem dünnen, leis bebenden Seile. Erst wenige Schritte von dem Gehäuse des Aufzuges griff sie jäh nach dem Arm der Begleiterin. Schnell fasste die starke Frau zu und bewahrte sie vor dem Sturze. Matt stolperte die Kranke in die klirrende Tür des Fahrstuhls.

Ein tiefes Schweigen weitete Wilm die Brust. »Das galt dir, das galt dir«, rief es jubelnd in ihm. »Nur dir.« Plötzlich hielt er es in diesem dunstigen Stimmengewirr nicht mehr aus. Er eilte hinaus an den See.

Die halbe Scheibe des Mondes zog ihren Lichterschweif durch das Wasser. Kleine übermütige Wellen schlugen gegen die Seitenwand des Kais. Wilm setzte sich auf eine Bank und träumte in die gurgelnde Stille. Und plötzlich wusste er, was er schreiben würde. Ja, so etwas musste es werden. Die Geschichte eines Mannes, der mit dreißig Jahren äußerlich das erreicht hat, was ein Mensch erlangen kann: Ruf, Stellung, Reichtum. Der von den Fachgenossen beneidet, von den Frauen umworben und verwöhnt wird. Und der innerlich so leer und arm und verzweifelt müde ist. Und dann tritt ein Weib in sein Leben. Ein Weib, das nichts von dem geben kann, was ihm bisher an Frauen das Wertvollste schien. Denn es musste ein Mann sein mit starker Begabung, der das Denken und Grübeln des Weiberhirns als nichtiges Getändel hingenommen, den Beruf des Weibes aber in seiner Liebesfähigkeit gesehen hatte. Diesem Mann begegnet jetzt das kranke Weib. Und zum ersten Male steht die Größe eines Frauengemütes vor ihm auf in seiner

Stärke und seiner Innigkeit, in seiner stolzen Beherrschung und hingebenden Weichheit. Solch ein Weib
wollte er schildern.

III.

So ging es einige Tage fort. Er saß in ihrer Nähe, empfand stark ihre sinnige Gegenwart, umfasste sie mit
scheu mitfühlenden Blicken und bildete sich ein, dass
ein weicher Schleier gegenseitigen Verstehens und heim-
lichen Zueinandergehörens sie beide umfasse und ab-
sondere von der übrigen gleichgültigen Bewohnerschaft
des Hotels.

Und dann schlossen sie eines Tages Freundschaft. Der
Annäherung gebrach jede Eigenart.

Sie lag auf ihrem Stuhle im Garten und las. Er kauerte
in ihrer Nähe und haspelte in Gedanken an seinem
Werke. Irene Hey legte das Buch in den Schoß und tastete mit den Händen an das Haar, eine Spange, die sich
gelöst hatte, zu befestigen. Da glitt durch eine Bewegung
der Knie – sie wusste später selbst nicht recht, ob sie be-
absichtigt war – das Buch zu Boden. Sie haschte danach,
er sprang auf und reichte es ihr. Dabei fiel sein Blick auf
ihren Namen, der auf dem Einband stand.

»Danke sehr«, sagte sie.

»Welch schönen Namen Sie haben,« bewunderte er.

Sie blickte ein wenig erstaunt zu ihm auf. »Finden
Sie?«, fragte sie und lächelte ihm freundlich zu. »Ich habe ihn auch gern. Sie meinen doch den Vornamen?«

»Ja.«

»Aber er passt nicht recht zu mir.«

»Nein.« entschied er prompt.

»Woher wissen Sie das?«, rief sie da überrascht. Sie hatte gemeint, der Name Irene sei zu lauter und rein und passe nicht zu einer Kranken. Aber er? Das konnte er doch nicht meinen.

»Ich darf doch?«, bat er und zog einen Stuhl heran.

»Bitte sehr.«

»Wissen Sie, was der Name bedeutet?«, fragte er.

»Ja – Frieden.«

»Und deswegen passt er nicht zu Ihnen.«

Sie zog die dichten, pikanten Brauen eng zusammen, lächelte aber liebenswürdig: »Worauf gründen Sie Ihre Behauptung?«

»Auf meine Beobachtung«, scherzte er.

»Die haben Sie allerdings ziemlich verwegen betrieben,« lachte sie, dass die prachtvollen Zähne schimmerten, »am Ende täuschen Sie sich aber.«

»Kaum.«

»Sind Sie solch tiefgründiger Psychologe?«

»Vielleicht. Übrigens – gestatten Sie, Oskar Wilm ist mein Name.«

Sie nickte nur.

Ein wenig verletzt fügte er daher hinzu: »Ich bin Schriftsteller.«

»Ach so«, sagte sie ohne sichtbare Erregung.

»Nanu, die tut aber abgebrüht,« ärgerte er sich. Dann aber fiel ihm tröstend ein, dass einer Frau, die Sophokles als Abendlektüre las, Oskar Wilm keine Offenbarung sein konnte. Und als er in ihre klaren, lächelnden Augen blickte, verflog aller Verdruss.

»Dann leiden Sie ja freilich schon von Berufswegen an einer gewissen Beobachtungsmanie«, fuhr sie fort. »Die hat Ihnen also verraten, dass ich nicht friedlich bin?«

»Die hat mir verraten, dass Sie –« er brach ab. Plötzlich merkte er, dass er eine Taktlosigkeit begehen wollte. Sie ahnte es, errötete leicht und sagte, indem sie an ihm vorbeiblickte: »Herr –« sie suchte den Namen. »Wilm,« ergänzte er.

»Ja – Herr Wilm, sprechen Sie immer ruhig Ihre Gedanken aus. Dinge, die meine Krankheit berühren, verletzen mich nicht mehr.«

Sie sagte das so schlicht und selbstverständlich, dass ihm ganz traurig ums Herz wurde. Wieder packte ihn diese warme, fast väterliche Zärtlichkeit ihr gegenüber. Die Augen wurden ihm wider Willen feucht. Sie bemerkte es, ein Zucken huschte um ihre blassen Lippen, doch gleich darauf lächelte sie: »Die Aufklärung sind Sie mir immer noch schuldig.«

Er schluckte etwas Hartes, das ihm den Schlund sperrte, hinunter und sagte ohne Umschweife:

»In Ihnen ist kein Friede. Was Sie uns und Ihrer Wärterin zeigen, ist Maske. Es wäre wohl auch zu viel, wenn Sie sich bei Ihren jungen Jahren abgefunden hätten.«

Sie blickte an ihm vorbei auf den See hinaus und erwiderte nichts. Er glaubte, er habe ihr wehgetan. Daher fügte er leise hinzu: »Verzeihen Sie, wenn ich unzart war. Es entfuhr mir nur vorhin, als Sie sagten, Ihr Name passe nicht zu Ihnen. Und nachher wollte ich Ihnen Wahrheit geben.«

Sie antwortete noch immer nichts, starrte nur mit umschatteten Augen in die Weite. Auch er schwieg beklommen. Endlich begann sie: »Unzart war es nicht. Im Gegenteil. Vielleicht haben Sie aber doch nicht ganz recht. Ich weiß es selbst nicht. Es ist so töricht, sich gegen sein Los aufzubäumen. Ich trage es ja auch. Nur manchmal –« Sie presste die Lippen fest aufeinander.

»Sie sehen wohl zu düster,« tröstete er. »Sie werden genesen und –«

Sie schüttelte die zitternde Hand in der Luft. »Lassen Sie, ich weiß, wie es mit mir steht. Manche werden alt damit. Desto schlimmer. Ich werde jung sterben. Und was mir als Leben beschieden ist, das ist dieses.«

Sie wies mit ihrer Hand an ihrem Körper entlang und zeigte ihr erloschenes Totenmaskengesicht. Gleich darauf aber kam wieder Helle in ihre wandlungsfähigen Züge. »Unsinn,« lachte sie schmerzlich auf, »ich will Sie nicht quälen und mich nicht interessant machen.«

Er machte eine abwehrende Bewegung.

»Und damit wir das Thema meiner Krankheit, das sonst doch immer zwischen uns stände, ein für alle Mal abtun, will ich Ihnen lieber gleich alles sagen. Staunen Sie mich gefälligst an. Ich bin ein Wundertier. Mein alter Geheimrat in Berlin wollte mich durchaus seinen Studenten vorstellen. Ich bin nämlich ein Unikum. Bin ein noch nie beobachteter Fall von Huntingtonscher Chorea. Ich bitte also um Ihren bewundernden Respekt.« Das sprudelte sie in leichtem, fast übermütigem Tone hervor.

Wilm starrte sie an. Nur, um überhaupt etwas zu sagen, wiederholte er: »Chorea?«

»Ja.« nickte sie munter, das Zittern ihres Kopfes sah dabei fast scherzhaft aus, »Chorea, vom griechischen Choros = Reigen. Es ist eine milde Art Veitstanz.«

Wilm umfasste mit den Fingern beider Hände krampfhaft die Rohrlehne des Gartenstuhls, um nicht zurückzuprallen und seine Haltung zu bewahren. Ein eisiges Entsetzen fuhr ihm über den Schädel. Er sah plötzlich eine schauerliche Szene vor sich, die ihn einst in Neapel in Grauen davongehetzt hatte. In einem kleinen zerbrochenen Kinderwagen ein etwa vierzigjähriger Mann mit verwüstetem Gesicht, kahlem, zerschundenem Schädel, halb nacktem, schmierig-dürrem Körper, der sich in grässlichen Zuckungen wand, und ringsherum ein Rudel johlender, höhnender Kinder. Das war das Bild des Veitstanzes, das Wilm in sich trug. Und dieses schöne, junge Weib?

Mit erstaunlichem Feingefühl begriff sie, was in ihm vorging. »Jetzt hat Sie ein Grauen gefasst«, sagt sie leise und lächelte ihr schmerzensreiches Lächeln, »aber ich musste es Ihnen sagen. Es wäre mir sonst wie Betrug erschienen.«

»Aber nein«, log er und suchte seines Abscheus Herr zu werden, »ich meinte nur – es wäre etwas mit dem Rückenmark.«

Sie machte eine wegwerfende Geste mit der linken Hand.

»Was es eigentlich ist, wissen die Ärzte ja selbst nicht. Das mit der Chorea sagen sie wohl auch nur, um dem

Kind einen Namen zu geben. Das Unheimliche ist, dass ich im Übrigen völlig gesund bin.«

»Das schien mir auch,« nickte er.

»Völlig. Alle Organe sind prachtvoll intakt. Da ist ja gerade das Traurige.«

»Aber Fräulein Hey!«

Sie beachtete nicht, dass er sich auch ihren Zunamen gemerkt hatte. »Ja, das ist das Traurige,« beharrte sie. »Nicht das –« sie zögerte, suchte nach einem Ausdruck und sagte dann »– Unschöne meiner Krankheit ist das Unerträgliche. Nein. Aber dass ich mich so gesund fühle, die Lebenskraft mir strotzend in allen Gliedern pulsiert und ich doch ein Krüppel bin.«

Sie schwieg wieder und er wagte nicht, dem Gedanken Worte zu geben, dass dieses Kraftgefühl doch im Grunde ein Glück für sie sei.

Jetzt fuhr sie mit tastender Hand über die rechte Seite ihres welligen Scheitels und lächelte:

»Nun haben wir aber über mich genug geredet und jetzt erzählen Sie mir lieber etwas von Ihrem Leben. Sie müssen ja so viel zu erzählen haben. Als Mann und gesunder Mensch!«

Jetzt lächelte er. »Liebes Fräulein.« hob er nachdenklich an, »da ist nicht viel Erzählenswertes. Ich bin hier, ein neues Leben zu beginnen.«

»Ein neues Leben? War das alte – ?«

»Nichts wert war es. Jetzt soll es anders werden. Und ein Buch will ich hier schreiben, ein starkes.«

»Ah,« machte sie interessiert, »kann man von dem Inhalt etwas erfahren?«

»Man kann«, neckte er, »denn es handelt von Ihnen.«

»Von mir?«, rief sie lebhaft und setzte sich in dem Stuhl aufrecht, »von mir? Wie kommen Sie gerade auf mich?«

»Weil Sie mich vom ersten Augenblick an interessiert haben.«

»Das habe ich bemerkt,« sie sah allerliebst schalkhaft aus, »ich glaubte aber, Sie wären Arzt und – daher –«

»Nein, rein menschlich war meine Teilnahme.«

»Oder literarisch«, scherzte, sie. »Aber erzählen Sie von dem Buch.«

»Erzählen kann ich Ihnen leider noch nichts davon. Fabel habe ich noch kaum. Nur so die Idee. Aber über die kann ich noch nicht reden. Doch ich will es Ihnen vorlesen, kapitelweise, wie es entsteht. Und Sie sollen mir beratende Kritik beim Werden sein.«

»Ob Sie meine Urteilskraft da nicht überschätzen?«

»Nein, wer den Sophokles liest –«

»O«, meinte sie geringschätzig, »Sie wissen ja, Frauen treiben alles von solch beschränktem persönlichen Standpunkte aus. Ich lese die griechischen Tragödien, weil –«

»Sie sich dann finden,« ergänzte er bestimmt. Sie sah ihn überrascht an. »Sie sind ein feiner Psychologe«, sagte sie langsam. »Sie haben recht. Ja – es beruhigt mich, macht mich auch meinem Schicksal gefügiger, wenn ich diese wuchtigen Geschicke auf mich wirken lasse.«

»Ich verstehe sehr wohl«, sann er, »wenn Sie sehen, dass aller guter Wille, alles Streben, und Wohltun einen Ödipus seinem vorbestimmten grausigen Los doch nicht entreißt –«

Sie nickte. »Dann ergebe ich mich still in mein schweres, kleines Geschick.«

Wieder entstand eine Pause. Im Musikzimmer klimperte jemand die Cabanera aus Carmen. Drüben puffte tutend ein Dampfer und zog seinen langen fahrigen Rauchwimpel wie eine Last hinter sich her.

»Ich lese zwar auch sonst viel,« nahm sie den früheren Gedanken wieder auf, »auch Modernes. Ob ich aber Ihnen bei Ihrer Arbeit irgendetwas sagen kann? Ich kenne das Leben ja gar nicht.«

»Sie reisen doch,« erwog er.

»Sie sind der erste Fremde, mit dem ich jemals gesprochen habe«, sagte sie ernst.

Er blickte ihr ungläubig in die Augen.

»Ja, ja,« nickte sie, »Die Menschen haben ja solchen – Abscheu vor Krankheiten.«

»Oh,« machte er.

»Doch. Nie hat sich mir jemand genähert. Auch Frauen nicht. Ich spreche monatelang zu niemandem außer meiner Wärterin. Die ist zwar sehr tüchtig, aber –« Sie ließ die zitternden Hände in den Schoß fallen.

»Ich will nicht neugierig sein,« wagte Wilm, »aber es interessiert mich. Haben Sie keine Angehörigen! –«

Eine bleiche Härte presste ihr den Mund zusammen. Dann feuchtete die Zunge leicht die Lippen und sie sagte: »Eine Mutter habe ich. Mein Vater ist lange tot. Die einzige Erinnerung, die ich an ihn habe, ist meine Krankheit. Und Mutter – sie ist noch jung und sehr schön. Ich habe das Gefühl, ihr lästig zu fallen. So reise ich. Im Mai bin ich hier, im Juni in Zermatt, im Hochsommer in Scheveningen, im Herbst im Harz, im Winter in Florenz. Zuhause in unserer Villa in Köln wartet mein Zimmer immer auf mich. Aber ich halte es nur wenige Tage dort aus, wenn ich einmal hinkomme.«

»Und bei diesem Umherwandern fühlen Sie sich wohl?« staunte er.

»Wohl?« Ihre Augen öffneten sich weit. »Lieber Herr Wilm! Was heißt für unsereinen »wohl!« Aber es wäre erträglich, wenn dieses brutale Anstarren der Leute nicht wäre!«

»Ja – weshalb gehen Sie dann nicht in kleine private Pensionen?«, rief er verwundert. »Die gibt es doch überall!«

Da blickte sie ihn aus dunklen, feuchten Augen an und sagte sehr leise: »Weil ich dann gar nichts vom Leben sähe. Sie Psychologe!«

IV.

So begann es. Und die Stimmung der beiden Menschen und der Ort mit seinen weichen Farben gab ihrer Bekanntschaft sehr bald einen ungewohnt trauten Ton.

Noch bei dieser ersten Begegnung saßen sie lange beisammen und sprachen über ihr Leben, ihre Reisen und die Bücher, die sie kannten und liebten. Es zeigte sich, dass ihr Geschmack sich begegnete. Und sie lag vor ihm, schick und taufrisch, ganz Weltdame und ganz Kind. Das machte ihre arme Hilflosigkeit. Als es dann später wurde und der kühle Frühlingsabend fröstelnd durch die Blätter schauerte, nahm er wortlos die Decke, die zu ihren Füßen lag, breitete sie über sie und hüllte sie vorsorglich hinein. Mütterlich wichtig stopfte er die Kanten des Tuches unter ihrem Körper fest.

»Wie gut Sie sind,« dankte sie ihm leise.

Da ward ihm bewusst, dass er seit langen Jahren zum ersten Mal einen Frauenkörper ohne sinnliche Empfindung berühre.

»Oh,« wehrte er, »ich und gut. Liebes Fräulein! Nein, das bin ich wahrhaftig nicht. Nur – es ist so eigen mit Ihnen.« Und da er bemerkte, dass die blauen Schatten unter ihren Augen dunkler wurden, fügte er hinzu: »Nein – Mitleid ist es auch nicht. Ich – ja offen heraus, weiß ich selbst nicht, was mich Ihnen gegenüber so weich stimmt. Es geht wohl von Ihrem Wesen aus und von dieser rührenden Reinheit Ihrer Stirn.«

Sie schmiegte den Kopf tief in das Kissen zurück, dass die braunen Flechten sich am Hinterhaupt breit drückten, sah zwischen den Bäumen zu dem abendlich grünen Himmel auf und sprach vor sich hin: »Ich weiß nur, dass es sehr gut ist.«

»Ja,« nickte er lebhaft. »Ich freue mich, dass wir uns getroffen haben. Ich ahne eine schöne Zeit mit Ihnen. So etwas fühlt man in der ersten Stunde des Begegnens. Ich weiß, in Ihrer Nähe wird meine –« er lächelte schüchtern, wie ein Junge – »Wiedergeburt leicht werden. Sie ziehen alles, was gut in mir ist, aus dem Schutt meiner Brust hervor.«

»Sie sind ein Dichter.« lächelte sie. »Und ich glaube, ein guter. Sie haben etwas, was auf den großen Künstler hindeutet: Sie haben sich Ihr kindliches Gemüt bewahrt.«

Er lachte hell auf.

»Doch,« beharrte sie. »Sie haben die unbewusste Güte des Kindes. Vielleicht lag sie bisher in Ihnen brach. Wenn ich sie geweckt haben sollte und damit beitragen würde, Ihr Künstlertum zu erhöhen – dann« – Sie richtete sich auf und brach leidenschaftlich aus: »Dann würde ich mein Treffen mit Ihnen segnen. Denken Sie, dann würde ich etwas nützen, etwas fördern, etwas tun – tun – nicht immer nur lästige Drohne sein.«

Sie fiel erschöpft zurück.

»Mir werden Sie helfen,« tröstete er zuversichtlich. »Sie werden ja sehen. Und es ist so gut, dass wir soviel Zeit füreinander haben.«

»Nein,« entschied sie, »Sie dürfen sich Ihrer Arbeit nicht entziehen. Sie sollen schreiben.«

»Das tue ich nachts. Damit hat es aber noch gute Wege. Zum Schreibtisch komme ich vorläufig nicht. Es muss erst in mir wachsen. Und das geschieht am besten, wenn ich mit Ihnen plaudere.«

»Ich verstehe nicht,« blinzelte sie, »das wächst still von selbst in Ihnen heran?«

Er nickte.

»Wie töricht man ist«, sann sie. »Da genießt man Kunstwerk auf Kunstwerk, ohne sich ein einziges Mal zu fragen, wie das in seinem Schöpfer wohl entstanden ist.« Sie hüllte sich schmiegsam in ihre Decke und rückte sich behaglich zurecht. »Erzählen Sie bitte, wie solch ein Buch in Ihnen entsteht.«

»Hm,« machte er. »Ich sagte Ihnen ja, ein Buch habe ich noch nicht geschrieben. Aber mit solchen kleinen Novellen ist es wohl ähnlich. Jeder schaffende Mensch arbeitet nach seiner eigenen Weise. Man kann darüber nur ganz Persönliches sagen.«

»Mehr kann man wohl nie sagen über die wertvollsten psychischen Dinge,« warf sie ein. »Und doch hat es immer etwas allgemein Gültiges.«

»Ja – gewiss. Also ich habe zuerst meist die Idee, die ich behandeln will. Sie stammt aus meinen persönlichsten Erlebnissen. Dann gehe ich umher, und die Menschen, die durch ihr Leben und Tun diese Idee verwirklichen sollen, werden in mir lebendig. Meist sind es Personen meiner Bekanntschaft.« Er machte eine Pause und sagte dann plötzlich: »Ich bin davon durchdrungen, alles künstlerische Schaffen ist Zeugung und Geburt auf geistigem Gebiet.«

Sie blickte ihn fragend cm.

»Es lassen sich für jeden Vorgang Parallelen ziehen, keine äußerlichen. Das Aufblitzen der ersten Idee ist die Empfängnis. Bezeichnenderweise nennt man diesen Vorgang auch Konzeption. Ich habe mit anderen Künstlern darüber gesprochen. Sie alle gestanden mir, sie würden bei diesem ersten Aufzucken des Gedankens von einem Rausche geschüttelt, dem nur der Taumel der höchsten Wollust ebenbürtig sei.« »Wie seltsam«, flüsterte sie.

»Ja, und dann beginnt die Zeit des Austragens. Man geht umher, denkt an die Frucht in seinem Hirn, sinnt und grübelt darüber, und es wächst, geheimnisvoll und unbegreiflich, wie die Frucht im Mutterleibe. Und wenn die Zeit sich erfüllt hat, wenn alles lebendig pulsend in einem webt, beginnt die qualvolle Zeit des Austreibens, des Niederschreibens, die fast jedem Schaffenden der Feder ein Grauen ist und ein physisches Unbehagen.« Er schwieg. Und da sie nichts entgegnete, schloss er lächelnd: »Daher auch später diese mütterliche Liebe zu solchem Werke.«

Jetzt sagte sie: »Das alles geht wohl nur in großen Künstlern vor. Heute begreife ich, dass sie heilig sind wie Mütter.«

Dann blickten sie stumm hinüber zu den Bergen. Drüben die schneeigen Rippen der Savoyer Alpen leuchteten in der sinkenden Sonne wie reiche Goldadern. Der junge Schnee, an dem feinen Halse des Dent du Midi glühte wie ein Geschmeide kostbarer Rubinen. Zarte weiße, durchsichtige Wolken senkten sich von dem Gipfel des Gletschers hernieder und legten sich weich und kosend über die sanft strahlenden Kleinodien.

Lange staunten sie in dieses geheimnisvolle Abendweben. Endlich sagte sie: »Ist es Ihnen auch aufgefallen, wie weiblich dieser Dent du Midi ist?«

»Nein,« gestand er lächelnd, »aber jetzt –«

»Sehen Sie«, rief sie lebhaft, »nun legt sie eine flaumige Boa um den weißen, schimmernden Hals. Denn es weht kühl dort oben. Aber kokett lässt sie ihr Geschmeide hindurchgluten. Man möchte glauben, sie schmücke sich für den finsteren, starken Gesellen dort.« Sie zeigte auf den dunklen, ernsten Bergrücken über Territet. »Ich, die ist eine Arge!«

Sie lachte schalkhaft. Er stimmte fröhlich ein. Da verdichteten sich jäh die Nebel und verhüllten die Berge und die Firnen des Dent du Midi hinter undurchdringlichen Vorhängen.

»Schämen Sie sich«, schalt sie lächelnd, »dringen Sie nicht ein mit schlimmen Gedanken in die Geheimnisse der großen Natur, Denn sie war in all diesen Jahren des Leids meine einzige Freundin. Und gerade die Berge dort, die liebe ich so sehr.«

»Sie müssten die Landschaft erst einmal von den Höhen aus sehen!«, rief er begeistert. »Hineinklimmen in die Berge und auf dieses Seetal hinabstaunen. Ich bin oft hinaufgestiegen. Man möchte schreien vor berauschtem Entzücken, wenn die Sonne sinkt und mit flammender Rute über See und Himmel fegt.«

»Ich möchte schon hinauf«, sagte sie leise.

Er blickte sie an.

»Ich soll sogar gehen und mir möglichst viel Bewegung machen. Nur – die Lust dazu fehlt mir. Ich ermüde auch leicht am Arm meiner Begleiterin. Da bleibe ich lieber still liegen und ersteige in meinen Träumen die weitschauendsten Höhen.«

»Oh«, drohte er, »so befolgen Sie die Anordnungen Ihrer Ärzte! Und da wollen Sie gesund werden? Aber nun hat die Trägheit ein Ende, verstanden! Jetzt wird marschiert – an meinem Arm. Wenn Sie wollen, natürlich.«

Sie schüttelte den Kopf. »Nein, nein. Das tue ich nicht. Das sagen Sie jetzt auch nur in Ihrer liebenswürdigen Güte, weil Sie nicht wissen, was es bedeutet, einen strauchelnden Menschen durch diese schöne Welt zu schleppen.«

»Aber liebes Fräulein!«

»Lassen Sie nur,« wehrte sie mit der ihr eigenen Handbewegung. »Ich weiß das besser. Und schämen würden Sie sich auch, wenn die Leute sich nach Ihnen umsehen.«

»Was gehen mich die Leute an!«, rief er fast ärgerlich.

Sie lehnte sich in den Stuhl zurück und dehnte die Glieder. »Ich danke Ihnen«, sagte sie leise, »sprechen wir nicht mehr davon.«

Da fragte er: »Würde es Ihnen peinlich sein?«

»Mir? – nein.« Sie sah ihm prüfend in die Augen.

»Dann wandern wir in Zukunft zusammen.« entschied er. »Basta. Das wäre ja noch schöner.«

Und als sie noch etwas entgegnen wollte, sprach er wie zu einem Kinde: »Ganz still sind wir. Kein Wort haben wir dawider zu reden! Das wäre mir ja eine schöne Freundschaft.« Und ernsthaft fuhr er fort: »Fräulein Hey, es wird mir selbst eine große, stille Freude sein, Ihnen die Welt hier herumzuzeigen. Und dann – es wird noch mehr sein. Ich werde vielleicht zum ersten Male in meinem Leben gut sein zu einem Weibe.« Und um jede Erwiderung abzuschneiden, zog er die Uhr und sagte: »So, und nun ist bald Essenszeit. Wenn Sie sich noch umziehen wollen, müssen Sie sich beeilen.« Damit half er ihr aus dem Stuhle und führte sie durch den Garten und in die Halle zum Fahrstuhl.

Doch an demselben Tische mit ihm wollte sie nicht speisen. »Nein,« blieb sie fest, »ich bin eitel.«

Er nickte scherzhaft. Das wusste er bereits.

»Es sieht sehr hässlich aus, wenn ich esse. Weil der rechte Arm doch fast unbrauchbar ist. Man muss mir alles zerkleinern wie einem Wickelkinde. Das sollen Sie in der Nähe nicht sehen.«

So blieb er denn hinter ihr an seinem Tische. Doch warme Ströme innigen Teilnehmens fluteten hinüber von ihm zu ihr. Bisweilen wandte sie sich ihm zu mit einem raschen, drolligen Scherzwort. Oder deutete stumm mit widerleuchtenden Augen hinaus auf den Feuerzauber des Alpenglühens. Und er saß und sah ihren weißen Hals und ihre sanft abfallenden jungen Schultern und das neue blaue Seidenkleid, das sie heute zum ersten Male trug, und die hübsche, kokette rosa Schleife in dem prachtvollen weich-glänzenden Haar.

Und das feine Oval des Gesichtes sah er und die seidig-schimmernde Haut der Wangen. Und wurde sehr, sehr traurig.

V.

Noch an diesem Abend machten sie ihren ersten Spaziergang. Als sie sich nach dem Essen in der Halle trafen, fragte er: »Sind Sie müde?« Sie verneinte lebhaft. »Dann lassen Sie sich etwas Warmes bringen, zum Umhängen, und wir gehen noch ein bisschen in den Abend hinein. Auf den Kai, wenn Sie wollen, und lauschen dem Gurgeln der Wellen und blicken hinauf zum Hof des Mondes. Das ist ganz romantisch. Oder wir steigen hinan zur Stadt Montreux. Das ist etwas beschwerlicher, aber dafür auch romantischer.«

»Dann bin ich für das Romantischere,« lachte sie und bat die erstaunte Wärterin, ihr das Kimono-Cape zu holen.

Und dann stiegen sie zur Stadt empor.

Am Ufer des kleinen Wildbaches, der sich sprudelnd in den See ergießt, wanderten sie mählich steigend hinauf, durch die engen Gassen mit den hohen, kleinen Häuschen. Der Tag atmete seine letzten müden Züge. In den Läden des Bergnestes tilgten die Besitzer die Wirrnis des Geschäfts: schoben Kisten, rollten Kasten, schüttelten den Inhalt halbleerer Säcke oder saßen mit wichtigen Brauen an der Kasse und zählten den Verdienst des Tages. Vor den Türen standen Gruppen junger Mädchen, lachten und schwatzten und erörterten mit lebhaften Handbewegungen die Chronik des Ortes. Hier und da zirpte blechern in einem dieser unscheinbaren Kaffees ein verstimmtes Klavier, und aus der Dachkammer eines Hauses klagte die einsame Geige eines melancholischen Einsiedlers. Die Fenster waren überall weit geöffnet und sogen die würzige Ruhe der Nacht tiefatmend ein in ihre sanft erleuchtete Höhlung. Ab und zu huschte ein hastender Schatten flüchtig über die hellen Flächen der Stubendecken. Aus einem Zimmer im Erdgeschoss ertönte gedämpfter Gesang. Wilm und Irene Hey blieben stehen und blickten neugierig hinein. Es war eine Putzmacherinnenstube mit ihrer späten Feierabendstunde. Aus den jungen Arbeiterinnen summte die Sehnsucht hinaus in das Flüstern der Nacht.

Still schritten sie weiter bergan. Da sagte Irene Hey: »Welch traulich süße Stimmung über diesem abendlichen Städtchen liegt. Wie aus einem Buch mutet es an.«

Er lächelte. »Weshalb nicht wie aus dem Leben? Fast über jeder Kleinstadt liegt solcher Abendfriede. In der ganzen Welt habe ich es immer wieder gefunden, überall, in Europa wie in Afrika und Amerika.«

Sie nickte wortlos. »Sie haben es *gesehen*, im Leben«, sagte sie dann, »ich kenne solche Stimmung nur aus Büchern.«

»Aber Sie reisen doch so viel!«

Jetzt blieb sie stehen, zog ihre Hand von seinem Arm und rief: »Ich sagte Ihnen doch schon, wie ich reise. In den Hotels sitze ich herum und starre die Leute an. Bücher waren mein Leben. Nichts als *fremdes* Erleben. Gesehen, mit meinen Augen gesehen, habe ich nichts als gleichgültige, kalte, glatte Gesichter.«

Sie hatte es sehr erregt hervorgestoßen. Still schob sie den Arm unter seinen Arm und ging weiter. »Mit meiner Wärterin gehe ich nie. Ich weiß, sie tut es nicht gern. Und dann kann ich's nicht. Im Übrigen ist sie ja sehr gut und besorgt um mich.« Und nach einer Pause kam es sehr leise und dankbar: »Und sonst hat mir noch nie jemand den Arm geboten.«

Er wandte ihr das Gesicht zu. Sie schritt dahin, den Blick geradeaus gerichtet. In dem Auge, das er sehen konnte, glitzerte es feucht. Wilm antwortete nichts. Doch den Arm, der an seiner Seite zitterte, presste er unmerklich gegen seine Brust. Und plötzlich fiel es ihm auf, dass er sie kaum führe, so leicht ging sie neben ihm. »Aber Kind«, sagte er. »mir scheint, Sie strengen sich an, mir keine Bürde zu sein. Nein, hören Sie, Fräulein Hey, das geht nicht. Dann werden unsere Spaziergänge eine Qual für Sie sein. Lassen Sie sich ruhig gehen. Nehmen Sie sich nicht zusammen.« Und da sie heftig zu zittern begann, fasste er ihren Arm fester und begütigte mit sanfter Stimme: »So – so – nur keinen Zwang antun – Sie sind wirklich nicht schwer. – Mein Gott, müssen Sie sich beherrscht haben –« Es schüttelte sie immer heftiger. »Ist Ihnen nicht gut?«, fragte er besorgt.

»Nein – nein«, stotterte sie, »es ist nur die Reaktion. Kommen Sie – es ist schon gut.«

Und schlotternd ging sie an seinem Arme weiter. Er wollte plaudern, fand aber nicht den Ton. So sagte er nur immer wieder: »Sehen Sie, es geht sehr gut so. Ganz leicht sind Sie, ich fühle Sie kaum. Gehen Sie nur immer ruhig voran – so – sehen Sie, wie schön wir vorwärts kommen.« Sie blickte mit angstvollen Augen zur Seite. »Es ist mir so peinlich«, klagte sie, »so sehr peinlich.«

Nur mit Mühe gelang es ihm, sie zu beruhigen. Als sie dann aber eine Schar junger Mädchen durchschreiten mussten und das lustige Geplauder der hübschen braunen Dirnen jäh verstummte und erschreckt aufgerissene Augen sie anstarrten und ein erregtes Flüstern hinter ihnen herschwirrte, sagte sie: »Ich freue mich, dass wir diesen Gang im Dunkel der Nacht tun. Jetzt werden Sie eingesehen haben, dass Sie nicht mit mir gehen können.«

»Fräulein Hey,« er zog die Augenbrauen unwillig hoch, »sind Sie kleinlich?«

»Ich hoffe nicht.«

»Nun, dann sagen Sie so etwas nicht wieder. Und glauben Sie mir, ich bin oft mit Frauen durch die Nacht gegangen. Aber niemals, das können Sie fest glauben, mit solcher inneren Freude, wie heute Abend mit Ihnen. Ich betone nochmals: Mitleid ist es *nicht*. Nein, Freude ist es an dem Menschen in Ihnen, den ich kenne, trotz der kurzen Zeit unserer Bekanntschaft.«

Da leuchtete ihr Gesicht auf, er sah es deutlich beim unsicheren Schein der kleinen Glühbirne am hohen Maste. »Ich kenne Sie auch«, sagte sie und schritt weiter.

Plötzlich blieb sie stehen und atmete die Luft mit bebenden Nasenflügeln ein.

»Was haben Sie?«, fragte er.

Sie lächelte und schloss in Erinnerungsschwelgen die Augen. »Gleich – gleich,« wehrte sie.

Es war, als wäre sie viele Meilen von ihm fort. Er blickte auf den Laden, vor dem sie standen. Es war eine Plättstube. Drei junge Weiber bügelten dort, drinnen in dem gelbleuchtenden Raum, bei jedem Stoß der muskulösen Arme pressten sich die schweißgeröteten festen Brüste durch den Spalt der offenen Blusen hervor. Ab und zu warfen sie mit einer hastigen, ungeduldigen Bewegung der freien, linken Hand die feuchten Haarsträhne aus der Stirn.

Wilms Blicke wandten sich seiner Begleiterin zu. Jetzt raffte sie sich zusammen und sagte: »Wie seltsam, dass mir das gerade heute Abend begegnen muss.«

Er zeigte fragend auf den Laden. Sie nickte und zog ihn weiter. »Kennen Sie die erinnernde Kraft, die Gerüche haben?«

»Ja.«

»Der Geruch einer Waschküche ist für mich der Inbegriff aller irdischen Glückseligkeit«, erklärte sie.

»Nanu?«

»Es ist meine beste – nein, die einzige lichte Erinnerung, die ich habe. Ich war schon als Kind gebrechlich. Nicht krank, wie jetzt, das kam erst, als ich fünfzehn wurde. Aber schwächlich war ich, was ich jetzt ja eigentlich nicht mehr bin. Bis zu meinem fünften Jahre wurde ich im Kinderwagen gefahren. Und wenn wir zuhause Wäsche hatten, fuhr meine Kinderfrau mich in die Waschküche, stellte den Wagen in eine Ecke und half bei der Arbeit. Und da lag ich in all dem warmen guten Qualm, kuschelte mich in meine Betten und fühlte mich in diesem feuchten, lauen Dunst mollig und geborgen. Das war immer ein großes Fest und eine Sehnsucht nach dem Waschtag.«

Er lächelte tief gerührt.

»Und seitdem – rieche ich immer diesen Hauch der Waschküche – wenn ich ganz große Sehnsucht habe.«

Da presste er ihren Arm fest an seine Seite. »Sie Arme«, flüsterte er, »so leer war Ihr Leben!«

»Reich ist es nicht gewesen,« lächelte sie und blickte in beglückter Dankbarkeit zu ihm empor.

Jetzt kamen sie an einer Mauer vorbei, hinter der sich steil ein Garten senkte. »Ah«, rief sie.

»Was haben Sie jetzt wieder Gutes?«, rief er munter.

»Jasmin,« stieß sie hervor.

Er schnupperte in der Luft. »Tabak,« lachte er. Drei Männer waren vorbeigegangen, den Qualm ihrer Tonpfeifen hinter sich her dünstend.

»Warten Sie nur,« beharrte sie und lehnte sich gegen die hohe Steinmauer. »Oh – sehen Sie!«

Er blickte stumm über die Mauer hinab ins Tal. Sie sahen tief unter sich hundert Lichter durch das blaue Dunkel blinken. Weit, weit drüben am anderen Ufer ganz winzig die Leuchten von St. Gingolph und Vouveret. Fern und im Strahlen entschwindend wie Sterne. Und unter ihnen die weißen Leuchten der Terrasse von Territet. Weiter rechts wieder wie breite Lichtbahnen die hellen Fenster der Hotels in Montreux. Und fern, hoch an den dunklen Bergwänden aufklimmend, einzelne sprühende Punkte wie Glühwürmer. Und über ihren Häuptern die Perlenkette der Rampenlichter von Caux.

Und jetzt schlug ihnen auch ein starker, süßer Duft von Jasmin aus dem verschwiegenen Garten jenseits der Mauer entgegen.

Wilm nickte ihr verständnisinnig zu, dann blickten beide stumm und ergriffen in die belebte Nacht. Geweihte Stille war ringsum. Nur der dunkle Garten vor ihnen, mit seinen mystisch raunenden Baumwipfeln, atmete leise.

Lange sprachen sie kein Wort. Endlich brach sie das Schweigen. »Wie ist das weit und schön«, flüsterte sie. »O, mein Gott, wie ist das schön.« Sie schlug die Hände vor das Gesicht. Er glaubte, sie weine und sah zartfühlend vor sich nieder. Da hob sie ihre Hände empor und schlug weit die Augen auf. Er sah die seltsame Helle der Nacht weiß in ihnen leuchten. Und mit packender Leidenschaft stieß sie hervor: »Das zu erleben. Das zu erleben! Und es hinausrufen zu können. Oh, ist das schön! Die Nacht – die Welt. Begreifen Sie, wie schön das ist? Sehen Sie das?«

»Ich sehe es!«, sagte er leise.

»Ach«, rief sie, »Sie haben es immer gesehen und waren nie allein. Aber ich. Nie habe ich zu jemanden sprechen können, wenn mir die Brust fast zersprang. Nie war jemand da. Alle Schmerzen habe ich allein austragen müssen, nie konnte ich sie hinausschreien. Und wenn ich unten am See die Sonne untergehen sah – – ach – wenn ich nur einmal hätte hinausjauchzen dürfen – wenn nur einmal einer bei mir gestanden hätte, in dessen Augen sich ihr Sterben spiegelte! Und heute – heute! Begreifen Sie jetzt, dass ich so schnell mein Innerstes vor Ihnen geöffnet habe!«

Sie ließ die Hände erschöpft herabsinken; um ihren Mund bebte ein verklärtes, schmerzliches Lächeln.

Da nahm er ihre arme rechte Hand und streichelte sie wortlos warm und scheu.

VI.

So vergingen weiche, lichtgesättigte Tage. Der Ton zwischen ihnen wurde immer vertrauter und inniger. In der heißen Tageszeit lagen sie Seite an Seite im Garten und plauderten, und in der Kühle des Morgens und der fallenden Nacht wanderten sie hinaus. Und wenn auf ihren Wegen die Leute stehen blieben und starrten, oder im Hotel über ihren Verkehr gewispert und gewitzelt wurde, lächelten sie sich stumm und verstehend an. Jetzt, da sie wusste, dass er sich ihres Gebrechens nicht schämte, richtete ein nie gekanntes Selbstbewusstsein sie stolz empor. Sie wusste sehr wohl, dass sie es an Klugheit, an Kenntnissen und Gedankenreichtum mit anderen Frauen aufnehmen konnte. Und an weicher, zarter Fraulichkeit, das wusste sie auch. Oft hatte sie in ihrer Einsamkeit schmerzlich darüber getrauert, dass all diese Gaben segenlos in ihr verkümmern sollten. Freudig öffneten sich jetzt alle Schleusen ihres Denkens und Fühlens und strömten ihre reiche Flut hinüber zu dem Manne, der ihr dankbar und froh empfangend entgegenkam. Und eine nie geahnte Lebensfreude leuchtete in ihren großen braunen Augen. Oft saßen sie, über liebe Nichtigkeiten scherzend, beieinander. Oft aber grübelten sie auch gemeinsam über Welt und Schicksal, Weib und Mann, Gott und Natur und all die unergründlichen lockenden letzten Fragen der Menschheit. So ernsthaft sinnend hatte er sie am liebsten. Dann legte sie allerliebst kindlich den Zeigefinger der linken Hand grüblerisch an die Lippen, zog die Augen eng zusammen, schürzte die gerade, starke Nase und sah sehr wichtig und denkerisch aus. Das sagte er ihr und neckte sie auch oft und überflog mit stillem wohlgefälligen Lächeln ihre abwechslungsvollen Abendkleider. Sechs verschiedene Gesellschaftskleider hatte er nun schon gezählt. Und die Schleifchen und Bänder am Hals und an den Ärmeln und in dem schweren, welligen Haar verrieten Kultur und viel zärtliche, sinnige Eitelkeit.

Warm und zart ward der Ton zwischen ihnen.

Eines Nachmittags, als der Himmel bedeckt war, lockte er sie sogar in ein Ruderboot. Mit kindlich-frohem Lächeln saß sie am Steuer, während er geschmeidig die Riemen zog.

»Wie ein Bild von Reynolds sitzen Sie da«, rief er. Sie lachte leise auf und blickte lieb in den Schoß. Sie trug ein faltiges rosa Musselinkleid, das Gesicht beschattete ein großer, strahlenförmig gebogener Panamahut mit lila flatterndem Schleier. Das biegsame, feine Geflecht wippte im Winde leise auf und nieder und warf tanzende Schatten über ihre schon gebräunten, wie von innerer Glut durchleuchteten Wangen. Wenn der Rand des Hutes aufwiegte, glänzten die feinen Härchen auf ihrer warmen Haut goldig auf. Wortlos glitten sie eine Weile dahin.

Dieser Umgang mit dem kranken Mädchen bot dem Manne einen neuen, nie empfundenen Reiz. Er war für ihre Schönheit keineswegs blind. Nein, gerade die Anmut ihres Menschen erhöhte das eigenartige Glück dieser Freundschaft. Es war alles so ganz anders als bei allen seinen früheren Bekanntschaften. Früher, ja, da hatte das Körperliche überragend im Vordergrunde seines Interesses gestanden. Bei Irene Hey trat das Sinnliche, doch nicht das Weib, völlig zurück. Gerade das zart Frauenhafte in ihrem Wesen stimmte ihren Verkehr auf diesen vertrauten Moll-Akkord. Doch das Lockende lag auf rein geistigem Gebiet. Hier brauchte er nicht mit seinem Geist zu feuerwerken. Ihr gegenüber verfiel er nie in seinen alten Berliner witzelnden Jargon. Er fühlte unbewusst, dass dieser Ton in ihren Gesprächen einen schmerzenden Missklang gegeben hätte. Es war wie das trauliche Plaudern mit einem guten Kameraden, doch viel inniger und zarter.

Denn bei Irene Hey fehlte die geschlechtliche Note nicht ganz, zitterte aber doch nur durch ihre Worte hindurch wie ein leise begleitend verklingender Harfenton.

Während sie jetzt vor ihm saß, dachte er: »Wie ist das lieb.« Es wäre ihm aber niemals der Gedanke gekommen, diese Lippen, die der Seewind feuchtete, zu küssen. Nicht durchbebte ihn die atemraubende Ahnung, in diesem reifen, jungen Busen dort vor ihm könnte das Begehren träumen, sich an seine Brust zu drängen. Daran dachte er nie. Ihre Krankheit bannte jede körperliche Vertraulichkeit. Sie wäre ihm wie eine abgeschmackte Widernatürlichkeit, ein unästhetischer Gräuel erschienen.

Sie hatte die linke Hand im Wasser spielen lassen. »Wie schön solche Bootfahrt ist,« schwelgte sie. »Ich bin das erste Mal in meinem Leben auf dem Wasser.«

»Der See ist auch viel schöner hier unten. Das Auge gleitet so weit und eben über die Fläche.«

Sie nickte. »Zu denken«, sann sie, »dass schon vor Tausenden von Jahren Menschen in ihren Barken über dieses selbe Wasser glitten und zu diesen Bergen in Entzücken aufblickten!«

»Das ist wohl nicht ganz richtig«, meinte er. »Die Antike hatte ja kein Auge für Gebirgslandschaft, Bei Homer findet sich keine begeisterte Schilderung der Höhen, trotz dieses unerschöpflichen Reichtums an Naturschilderungen. Die Tiefebene hat ihre Bewunderer gefunden, schon Homer besingt die Ebene des Skamander, das Idagebirge wird nur erwähnt.«

»Sie haben recht«, sagte sie überlegend.

»Ist Ihnen überhaupt jemand bekannt, der vor Rousseau die Schönheit des Gebirges geschildert hat?«, fragte er. »Mir nicht.«

»Ja, Giordano Bruno«, erwiderte sie.

»So,« lachte er, »da habe ich wieder etwas gelernt.« Er wusste längst, dass ihre Belesenheit unergründlich war. »Wissen Sie, was mich in Erstaunen setzt?«

Sie blickte fragend auf.

»Wie lebendig all diese Weisheit in Ihnen pulsiert. Zumal es doch so sehr Stubenlektüre bei Ihnen war.«

Sie lächelte. »Es ist, als hätte ich alle Zeit die Ahnung in mir getragen, es werde einmal der Tag kommen, an dem diese tote Gelehrsamkeit zu blühendem Leben aufersehen würde.«

Und hell und dankbar strahlte sie ihn an.

»Halten Sie gerade auf Chillon zu«, rief er plötzlich, »mehr nach links, bitte. So. Hinter dem Schloss ist ein kleiner Hafen. Dort fahren wir ein. Dann will ich mal zusehen, dass wir die alte Burg ohne Begleitung besichtigen dürfen. Neulich, als ich dort war, rannte der Führer immer vor mir her und leierte, obwohl ich ganz allein war, mit lauter Stimme seine Erklärungen her, als spräche er zu einer festlichen Volksversammlung. Das hat mich sehr gestört. Zumal ich in solch altem Gemäuer immer in eine prachtvolle, fruchtbare Schöpferstimmung gerate.«

»Ich verstehe das sehr gut«, sagte sie, »wenn ich ja auch noch niemals in einer Ruine gewesen bin. Überhaupt nie auf solch laut redendem historischen Boden gestanden habe.«

»Ich bin so glücklich«, rief er da in warmer, ehrlicher Freude. »dass ich vom Schicksal auserkoren wurde, Ihnen all dieses Neue zu bringen.«

Als sie an den Mauern des Schlosses herumglitten, lobte er: »Jetzt kommt Ihr Meisterstück. Bisher haben Sie wie ein alter Seebär diese erste Steuerfahrt vollführt. Nun zeigen Sie mal, ob Sie uns auch durch das enge Hafentor bugsieren können.«

Sie biss die weißen Zähne auf die Lippen, blickte angestrengt scharf geradeaus und zwang die zitternden Arme zu eherner Ruhe. Glatt und leicht schoss das schmale Fahrzeug in die stille Umfriedung.

»Bravo,« klatschte er in die Hände, sprang auf die Mole und befestigte das Boot. Mutig folgten ihre tastenden, unsicheren Füße.

Vor dem Eingang des Kastells mussten sie einige Zeit warten, ehe man ihnen öffnete. Sie setzten sich auf die Bank am Tore und betrachteten die hohen, starken Mauern.

»Vergangenheit und Gegenwart,« lachte sie plötzlich und zeigte auf zwei kleine Mädchen, die auf bei Torbrücke sich wichtig mit einer Puppe mühten.

»Hold ist es.« nickte er. »Ein Sinnbild des Lebens. Dort die kalten Steine, die von Blut und Gewalttat und dem grimmigen Kampfe der Menschheit grollen, und hier warme, unschuldsfrohe, ahnungslose Kindheit.«

»Sehen Sie nur«, rief sie lebhaft, »wie schön die Kleinere ist, der braune Lockenkopf.«

Während sie noch sprach, blickte das Kind auf, nahm die Puppe beim Arm und kam mit trippelnden Schritten lächelnd auf Irene Hey zu. Triumphierend hielt es ihr den schon arg zerzausten Gliedermann entgegen.

»C'est très joli« lobte das junge Weib und strich dem Kinde mit beiden Händen über das weiche Gelock. Da ließ die Kleine ihr Spielzeug fahren und schmiegte ihr Gesichtchen an die Brust der Fremden. In jäher Aufwallung legte Irene Hey die Arme um den kleinen Nacken und presste den warmen Kinderkopf inbrünstig gegen ihren Busen. Das Mädchen brummelte vergnügt vor sich hin in die Musselinbluse, die sein Näschen kitzelte.

Es dauerte nur wenige Sekunden. Dann gab Irene Hey die Kleine frei, die übermütig wie ein kleines Füllen, den Puppenkörper an einem Arm hinter sich herschleppend, zu der Spielgefährtin zurückhüpfte. Scheu und altklug spähte die aus großen, schwarzen Augen auf die Fremden.

Wilm blickte vor sich nieder und malte mit dem Spazierstock Kreise in den Sand. Er wagte nicht, sie anzublicken, aus Scheu vor der armen Weibeszärtlichkeit, die nackt und hüllenlos in ihr aufgeschluchzt hatte.

Doch ein stilles Weben zog harte Fäden zwischen ihnen. Er fühlte deutlich, fühlte es körperlich, dass zwei sehnsuchtsschwere, perlende Tropfen über ihre Wangen rannen. Da wischte sie mit dem Taschentuche über die Augen und sagte mit einem rührend tränenfeuchten Lächeln: »Es ist ein Tag der Wunder. Heute komme ich zum ersten Male zu kalten, altersgrauen Ruinen und warmen, jungbraunen Kinderköpfen.« Und in sein stilles Lächeln fügte sie hinein: »Und ich bin doch schon solch altes Mädchen von fast vierundzwanzig.« – –

Da erschien der Torwart. Nach einigem Verhandeln wurde ihnen gestattet, sich auf eigene Faust in dem Gemäuer zu tummeln. Über den geräumigen Hof hinweg geleitete sie Wilm fürsorglich in die dumpfkühlen Kellerräume. Unter den hallenden Deckenwölbungen schritten sie auf dem nackten Gestein dahin, auf dem die Burg ruht. Felsblöcke ragten an allen Ecken aus dem Boden hervor.

»Dort,« wies er auf einen spitzigen Längsblock, »mussten die Verurteilten die letzte Nacht vor dem Tode verbringen. Vielleicht fürchtete man, sie könnten sonst zu friedlich schlummern.«

Ihr schauderte.

Er blieb sinnend stehen. »Ich habe oft versucht, mir solche Nacht vor dem gewaltsamen Tode vorzustellen, ihn bis ins Letzte in meiner Fantasie zu durchleben. Es ist sehr schwer.«

»Doch auch ganz individuell«, rief sie eifrig, »je nachdem das Leben war. Ich kann mir vorstellen, dass der eine dort ganz sanft und ergeben geschlummert und ein anderer sich den Rücken an den spitzen Kanten blutig geschlagen hat in ohnmächtigem Aufbäumen gegen sein Geschick.«

»Gewiss«, meinte er, »Gemütsverfassung und –«

»Vor allem,« ereiferte sie sich, »kommt es doch darauf an: Was hat einem das Leben gebracht und was kann es noch bringen. Wird man herausgezerrt aus glücklichem Genießen und wird der volle schäumende Becher einem vom Munde gerissen, dann – oh, dann muss das jähe, bewusste Endenmüssen furchtbar sein. Aber lebt man nur, weil man eben atmet – was ist einem dann der Tod! Ein Nichts, ein blasser Übergang, wenn nicht eine ersehnte Erlösung. Der kurze Schmerz« – sie machte eine weite Geste – »was ist der gegen diese langsam zehrende, bleiche Verzweiflung!«

In ihren Worten rang eine bittere Erfahrung nach Worten. Er verstand, nahm sanft ihren Arm und führte sie weiter. Sie kamen jetzt in einen schmalen Raum. In einiger Höhe kreuzte ihn ein altersschwarzer Balken. Ihm gegenüber war eine geräumige Luke in der Wand, durch die man hindurchblicken konnte weit über den See.

»Das war der Galgen«, erläuterte er. »Über den Balken schlang man ein Seil mit einer Schlinge. Und dann zogen zwei handfeste Gesellen den armen Teufel zur Höhe, und die Leiche wurde, kaum erkaltet, da hinunterexpediert.« Er deutete auf das Wasser.

Sie deckte die Hand über die Augen. »Grauenhaft,« schüttelte sie sich und lehnte sich gegen die Steinpilaster der Öffnung. »Sehen Sie lieber das dort draußen,« lenkte sie ab.

Die Sonne war im Untergehen siegreich durch die rieselnden Nebel gedrungen. Purpurstreifen zogen sich wie leuchtende Korallenriffe durch das bleigraue Wasser. Hoch in der Luft schwamm mit weitgespannter Gabel ein Raubvogel. In gebietender Ruhe zog er seine stillen, weitschweifenden Kreise.

Sie wies mit den Augen fragend hinauf.

»Es wird ein Adler sein«, sagte er prüfend, »der drüben in den Savoyer Klüften horstet.«

Jetzt stand der Räuber wie ein Punkt in der Luft. Dann glitt er jäh zur Tiefe mit breiten, sonnendurchgluteten Schwungfedern wie ein fallender, schwerer Blutstropfen. Und dann schwebte er wieder dahin, machte nur dann und wann einige mühelose Schläge mit den Schwingen, bis er mit einer seltsam torkelnden Wendung noch tiefer schoss, dicht über das Wasser hinschaukelte, um dann in wuchtig geschäftigen Rudern wieder zur rosig verschwimmenden Höhe zu steigen.

»Das sah der Sterbende,« trauerte sie leise, »dieses Weite und Lichte und den stolzen Freiheitsvogel dort draußen. Das sah er, den Kopf in der würgenden Schlinge.«

»Wissen Sie«, rief er, »was das Furchtbarste dabei gewesen sein muss: hier in der Stille zu verrecken wie eine ersäufte Katze. Vor einer Menge zu sterben scheint mir nicht so schwer. Teilnahme ober auch Abscheu der Mitwelt hilft hinüber. Aber zwecklos in dieser Höhle abgewürgt zu werden, ohne dass ein Hahn nach einem kräht. Pfui Teufel!«

Sie wiegte nachdenklich mit dem Kopf. »Ja, das ist das Traurigste. Diese verborgenen, stummen Schmerzen, die man ungehört hinausschreit. Die kein teilnehmendes Ohr erreichen. Als Held – auch als betüchtigster – zu leiden, scheint mir nicht bitter. Aber so ganz in der Stille zu verröcheln –«

Sie brach ab.

»Kommen Sie weiter,« drängte er. Er fühlte durch alle ihre Worte das Erlebnis.

Sie gelangten in einen langen Saal, dessen gewölbte Decke von sechs steinernen Säulen getragen wurde.

»Hier an die Ringe in diesen Pilastern wurden die Gefangenen angeschmiedet – jahrelang. Der Gefangene von Chillon, den Byron besingt – der gute Bonivard aus Genf, hat an der Säule dort sechs Jahre gekauert, ehe man ihn laufen ließ. Aber manche wanden sich in ihren Eisen, bis sie in todesmatten Zuckungen an ihrem Marterpfahle zusammenbrachen.«

Sie schwiegen.

»Wie seltsam der Mensch ist«, sagte sie dann.

Er verstand. »Ja,« nahm er den Gedanken auf. »Man möchte glauben, er würde ein kurzes Ende machen. Tagelang die Nahrung verweigern. Niemand hätte sie ihm hinabgezwungen. Aber nein. Da steht der Mensch Stunde um Stunde in dieser blutleeren Dämmerung des Tages und dem schwarzen Nichts der Nacht, bebt vor Kälte und Fieber und lebt und lebt. Weil vielleicht doch einmal die Freiheit kommt.«

»Ja,« nickte sie, »so ist der Mensch. Er weiß: Du bleibst hier in Nacht und Grauen angeschmiedet bis zu deiner letzten Stunde. Nur ein Wunder kann dich erlösen. Und er steht und steht und starrt mit brennenden Augen in das Dunkel, ob das Wunder noch immer nicht kommt.« Und dann hob sie die Augen leuchtend zu ihm empor und lächelte: »Und der Mensch hat recht. Denn bisweilen kommt das Wunder.«

Da nahm er fest ihren Arm und rief: »Und dann führt es den armen Gefangenen hinaus ins warme Licht.«

Wie zwei Kinder gingen sie zurück in den Hof. Wohlig umfing sie die Wärme des Tages nach der Moderkälte des Kellergewölbes. Jetzt stiegen sie in die oberen Räume hinauf und freuten sich an der großzügigen Weite des Gerichtssaales.

In der engen Folterstube daneben aber wurde ihnen wieder bedrückt zumute. »Sehen Sie den Holzpfeiler an, der die Decke trägt,« zeigte er. »Er ist zerschunden von den wühlenden Nägeln der Gemarterten. Es war eine Spezialität von Chillon, den Leuten mit glühenden Eisen die Fußsohlen zu kitzeln.«

»Schweigen Sie«, rief sie entsetzt.

»Wir wollen uns auf die Bank dort setzen«, schlug er vor, »wenn es Ihnen nicht zuwider ist. Es ist mir, als müsste ich einige stille Minuten dem ohnmächtigen Schmerze weihen, der hier verblutet ist.«

Stumm setzte sie sich.

Nach einer kurzen Weile aber sprang sie auf, fasste seine beiden Hände, presste sie leidenschaftlich und rief, dass ihre purpurwarme Stimme von der Decke widerhallte:

»Nein, nein. Nicht den verklungenen Schmerzensschreien nachlauschen! In diesen Wänden, an denen nie etwas anderes als jammerndes Wehklagen zerschellt ist, will ich es Ihnen sagen. Gerade hier. Sie haben mich von der Säule gelöst. Sie! Die Freiheit und das Leben haben Sie mir gegeben. Ich will nicht daran denken, dass es einmal ein Ende haben wird. Muss. Bald. Dass ich dann wieder an meinen Ring geschmiedet stehe und in das Dunkel starre und auf meine einsamen Qualen lausche. Ich *will* daran nicht denken. Jetzt ist Freiheit und Leben. Daran allein will ich denken und jeden Augenblick in mich einschlürfen – Dank – Dank – –« Und plötzlich lag sie vor ihm auf den Knien und küsste in ungestümer Heftigkeit seine Hände.

Erschreckt richtete er sich auf. »Aber – Fräulein Hey – liebes Fräulein Irene –«, stammelte er verdutzt. Dann hob er sie mit Anstrengung empor.

Gesenkten Blickes, heftig zuckend und bebend, stand sie vor ihm. Aber dann hob sie die feuchten Augen und sagte leise: »Nun habe ich es Ihnen gesagt. Und nun werde ich Sie nie wieder mit solchen Ausbrüchen belästigen. Wenn es Ihnen recht ist, rudern wir jetzt zurück. Ich bin sehr müde.«

Wortlos gingen sie hinaus. Sie hing schwer an seinem Arm. »Lieb«, sagte er nur einmal ganz leise und kosend.

Als ihnen draußen vor dem Tore ein Händler Ansichtskarten des Schlosses anbot und anpreisend rief: »Das Schloss Chillon, die Marterstätte der Gefangenen!«, lächelten sie sich heimlich zu. Sie beide wussten es anders und besser.

Wortlos fuhren sie in den See hinaus, dem flammenden Westhimmel entgegen, und als die weißen Mauern der Burg wie ein zarter rosa Hauch in der Dämmerung zerrannen, zog sie plötzlich ihr Tuch und winkte mit einem träumerisch-seligen Zug um den Mund liebkosend grüßend zurück.

VII.

In dieser Nacht leuchteten lange zwei einsame rothelle Fenster aus der mondbeschienenen, fahlen Fassade des Eden-Hotels hinaus auf den sanft gewellten See.

Im Vorzimmer hatte Wilm den Tisch in den Rahmen der Balkontür gerückt und schrieb mit emsig eilenden Fingern das erste Kapitel seines Romans. Jetzt war ihm die Frau lebendig geworden, die er schildern wollte. Ein Mädchen sollte es sein, das an einer Krankheit litt, wie seine Freundin. Ihr sollte alles geschlechtliche Begehren fern liegen und sie sollte sich emporgerungen haben zu einem kristallreinen, bewegten Seelenleben, ohne doch dabei ihre holde Weiblichkeit einzubüßen. Und mit diesem jungen Weibe sollte der Vielgewanderte die Ehe schließen. Ja, das wollte Wilm doch einmal darstellen, dass es etwas Köstlicheres gäbe, zwischen Mann und Weib, als dieses Körperliche, von dem die anderen so viel Aufhebens machten. Dass eine dauernde Gemeinschaft zwischen beiden möglich war, ohne jeden tierischen Hang. Gerade das wollte er schildern. Dass es eine Entwickelung hinauf gab, in der allein das seelische Band den Bund zusammenhielt. Eine solche Ehe wollte er malen und zeigen: Das ist das Herrliche an der Vereinigung von Mann und Weib, dieser seelische Einklang, dieses Verstehen ohne Worte, dieses Eins-Werden im Denken und Empfinden. Ihm war sehr feierlich und hehr zumute, während er das erste Kapitel niederschrieb, in dem er in angeregter Künstlergesellschaft dieses Problem erörtern ließ. Dieses Kapitel sollte wie ein Präludium einläuten und dem Buch den Ton geben. Und dann löste er die beiden Helden des Romans geschickt aus der Gruppe los und ließ sie das erleben, was in dieser Atelierdebatte als unmöglich und widersinnig verhöhnt worden war. Die Feder kritzelte geschäftig über das Papier und das Herz hämmerte heftig in pochender Schaffenskraft.

Zur selben Zeit lag Irene Hey auf dem Rücken in ihrem Bett und starrte mit brennenden Augen auf die Lichtbahn, die das Dunkel vor ihrem Fenster erhellte. Sie wusste, das war der Widerschein der Lampe, die ihm zur Arbeit leuchtete.

Jetzt sitzt er dort unten, dachte sie, und schildert mich. Ein warmes Gefühl rieselte von den Füßen her ihren Körper herauf. Man kann einen Menschen nur schildern, wenn man ihn ganz durchdrungen hat, sagte sie sich. In sich einschlürfen, in sich auflösen muss er mich, um die flutende Masse dann zu gestalten. Der Gedanke tat ihr seltsam gut. Er muss mir die Kleider vom Körper reißen, überkam es sie, und mich nackt und bloß vor sich sehen. Ganz nackt und ohne letzte Hülle. Der Gedanke trieb ihr das Blut schmerzend wohlig durch die Adern. In seine Arme muss er mich geistig nehmen, mich fest an seine Brust pressen, dass er mein Herz pochen hört, meine Wärme muss zu ihm überströmen, ganz heiß – ganz heiß– –.

Und sie dehnte und reckte sich. Und plötzlich fiel ihr ein, dass er vorhin in Chillon »Lieb« zu ihr gesagt hatte. Sie öffnete die Augen weit. Ob er sie liebte? Ja – ja, gewiss, das wusste sie längst: Er war ihr gut, sie war ihm sympathisch, er hatte ihr Plaudern und Klügeln gern. Ja – das, ja. Aber ob ihm jemals ein Verlangen gekommen war, sie um die Schultern zu fassen, ihr den Kopf zurückzubeugen und sie zu küssen – so – sie fühlte es deutlich, wie er küssen müsse. Dass die Lippen sich ineinander pressten, dass die Zähne sich schmerzend verbissen.

Sie suchte sich vorzustellen, wie er jetzt aussah, dort unter ihr, an seinem Tisch. Sie sah ihn deutlich. Das Haar hängt ihm wirr in die Stirn. Die Augen brennen vor siedender Schöpferkraft – die Stirn ist grüblerisch zusammengekraust und die Hand, seine feste, kleine, lebensvolle Hand, hastet über die weißen, lichtgestäubten Bogen. Bei ihm sein, ach, jetzt bei ihm sein, bohrte es sich ihr sehnsüchtig durchs Hirn. Zu ihm treten und die Hände um seinen Kopf legen, wie eine Hülle um die stürmenden Gedanken. Und sie pochen und jagen fühlen hinter der heißen Stirn. Bei ihm sein, bei ihm sein!

Ohne recht zu wissen, was sie tat, griff sie nach den beiden Stöcken neben ihrem Bett und stolperte hastig über den dichten Teppich. Vorsichtig schloss sie die Tür, die zu dem Zimmer der Wärterin führte. Das Holz scheuerte über die Schwelle und das Schloss ächzte ein wenig, als sie die Klinke fahren ließ. Irene Hey lauschte beklommen, wie auf böser Tat. Doch nichts regte sich. Die Wärterin hatte einen gesegneten Schlaf und war nächtliche Störung nicht gewöhnt.

Leise schlich Irene Hey zu der offenen Balkontür und trat hinaus. Ringsum atmete schwarze Stille. Nur unter ihr strahlte die Helle eine kurze Strecke fächerförmig nach allen Seiten hinaus. Sie umfasste das nachtkühle Eisengeländer mit beiden Händen und beugte sich über die Brüstung. Den Tisch in der Türöffnung konnte sie sehen und das emsige Kritzeln der eilenden Feder hören. Jetzt verstummte es. Offenbar überlegte er. Gleich darauf hob es wieder an und glitt fließend dahin wie ein springender Bach. Nun wandte er den Bogen, pfiff leise vor sich hin und schrieb fort. Ihn selbst konnte sie nicht, sehen. Aber es war ihr doch, als wäre sie bei ihm. Die Brust, die sich hart über das Geländer zwängte; schmerzte. Sie fühlte es nicht. Die Kälte kroch unter ihr leichtes Nachtgewand und umklammerte ihre Glieder. Sie fühlte es nichts. Sie empfand nur das geheimnisvolle Glück, um ihn zu sein. So stand sie wohl eine Stunde. Dann begannen ihre Beine so heftig zu zittern und gegen die Eisenstäbe des Gitters zu schlagen, dass sie fürchtete, er könnte es hören. Da schlich sie still zu ihrem Bett zurück.

Sie drehte das elektrische Licht an und hockte auf dem Bettrande, die Hände um die Knie geschlungen. Ob er wohl ahnt, suchte sie zu ergründen, dass ich hier oben sitze und mich so sehr nach ihm sehne? Ja, er muss es ahnen. Er ist so feinfühlig, so hellseherisch oft. Er errät bisweilen meine stillsten Gedanken. Ihr Blick blieb mechanisch an ihrem Knie haften. Spielerisch verfolgte sie mit dem Finger die Kringellinien des violetten Aderngezweiges auf dem marmorglatten Grunde. Ob ihm das Knie gefallen würde, huschte es flüchtig durch ihren Sinn, ob es ihm wohl gefallen würde? Und plötzlich grübelte sie, welche Art Frauen ihn wohl lockte. Sie hatten nie darüber gesprochen. Ob es wohl brünette waren und sehnig schlanke? Oder waren es mollig rundliche Blondinen? Und in der Überschätzung, mit der Frauen den Geliebten wägen, sann sie: Er ist so verwöhnt. Nur Außergewöhnliches kann ihn reizen. Aber, fuhr es ihr durch den Kopf, das ist ja alles Wahnsinn! Die Hauptsache ist doch das Seelische. Da klopfte hell wieder die bange Frage an ihr Bewusstsein: Ob ihm ihr Knie wohl gefallen würde? Künstler sehen und lieben andere Dinge als andere. Nicht nur das Augenfälligste. Timbre und Temperatur der Haut und ihre Farbe und – sie streckte die zitternden Füße von sich. »Eine feine Fessel habe ich«, dachte sie beglückt, »und einen hohen, vornehmen Spann.« Und dann stand sie plötzlich vor dem Spiegel. Sie schämte sich ihres Tuns, schämte sich vor ihrem bleichen Spiegelbilde. Doch sie stand in der matten Beleuchtung und betrachtete prüfend ihren Körper. Sie bemerkte nicht das leise, schwingende Beben ihrer Glieder, sie sah bei dem milden Licht der Glühbirne nur den weichen Morbidezza-Hauch um Hals und Brust. Und trotz allen Sträubens ihres wachen Zartsinns lachte sie plötzlich leise klingend auf. »Ich bin schön«, frohlockte sie trotzig, »ja, ich bin doch schön! Ich würde ihm gefallen, auch körperlich. Männer wollen nicht bloß Seele und

Geist. Ja, ich würde ihm gefallen.« Sie streckte den Arm von sich: Ein runder Ellenbogen und zierlicher, fester Unterarm. Und wie zart die Hand daran wächst. Oh, das würde ihn freuen! Dann wandte sie den Kopf zur Seite und blinzelte ihrem Profilbilde zu. Wie das auf dem Halse sitzt! Und wie leise die Haare aus dem Nacken herauswachsen. Und plötzlich, hob sie die Hände über den Kopf hinauf, dass die kühlen Arme sich wohlig gegen ihre heißen Wangen schmiegten, und flüsterte vor sich hin: »Oh, es ist gut, schön zu sein. Ja, es ist sehr gut.«

Erschöpft sanken ihr die Hände. Und plötzlich empfand sie erschauernd die Kälte der Nacht, die durch die offene Tür hereinfegte. Da kam ihr das Seltsame ihres Gebarens grell zum Bewusstsein. Was war ihr bloß? Was war heut Nacht nur mit ihr? Eine arme Scham kroch fröstelnd an ihren Gliedern empor. Das Blut schoss ihr in die Stirn, zuckend huschte sie ins Bett. Sie presste das Gesicht in die Kissen, um sich vor ihren eigenen tollen Gedanken zu bergen, und rollte sich zähneklappernd zusammen. Bald wurde ihr wärmer. Und da kam die Sehnsucht nach einem Kinde. Zäh, aus dem Halbdunkel des Zimmers sank sie auf ihre Brust hernieder. Ja – ein Kind. Er musste ja eines Tages gehen. Sie wollte sich nichts vorreden. Aber dann sollte er ihr das Kind lassen. Dass ihr Leben einen Inhalt erhielt, und als Erinnerung. Damit sie es immer vor Augen hatte, dass auch sie einmal begehrt worden sei – nicht nur seelisch.

Ja – ein Kind. Ein Kind. Es brauchte ja nicht ihre Krankheit zu erben. Nein, nein, die war ja nur etwas nervöses. So etwas ging auf das Kind nicht über. Sie wollte sich die ganze Zeit so stark beherrschen, kein kleinstes Zittern sollte ihren gesegneten Leib durchbeben. Ganz still wollte sie halten. Und wenn sie es dann in Händen hielt, dieses Wesen aus Fleisch und Blut, das man fassen konnte, sehen, herzen, dann war alles gut – dann war sie nie mehr einsam – dann hatte sie etwas, wofür sie sorgen und bangen konnte. Dann kam dieses zwecklose Dahinsiechen nie wieder. – Und ihr Leben wurde ein Leben.

Sie schnellte heftig im Bett auf. Er saß dort unten und schrieb. Schrieb tote Buchstaben. Und heißes Leben sehnte sich nach ihm! Ob sie mit dem Stock auf den Fußboden klopfen sollte? Er wusste, dass sie über ihm wohnte. Er würde es sofort verstehen und zu ihr eilen. Sie griff nach dem Stock, umklammerte das Holz – hob es empor, wagte aber nicht, es auf den Boden zu stoßen. So lag sie lange Zeit, starrte zur schattendunklen Decke und rang mit der Versuchung, den Stab auf den Boden zu schlagen. Und schließlich warf sie den Stock zornig enttäuscht in die Ecke, dass es durch die Nacht polterte und die aufgescheuchte Wärterin mit nachtscheuen Augen hereinstürzte.

Und als sie wieder gegangen war, lag Irene Hey noch lange wach und fantasierte davon, dass er kommen müsse, weil sie sich doch so sehr sehnte nach dem Kinde. Wilm aber beendete just seine tiefgründige Erörterung über den Unwert alles Körperlichen und die Hoheit der seelischen Vereinigung von Mann und Weib. Und dabei dachte er an Irene Hey, die zu seinen Häupten schlummerte.

VIII.

Am nächsten Morgen saß Irene schon sehr zeitig in der Halle des Hotels, dicht an der Treppe, und wartete. Die Sehnsucht nach ihm flatterte in ihrer Brust. Sie hatte ihr Gleichgewicht wiedergefunden. Doch eine sanfte spendende Zärtlichkeit war geblieben und rötete, wie ein milder Widerschein der nächtlichen Glut, ihre erwartungskalten Wangen.

So oft ein rascher Männerschritt auf dem Teppich der Treppe raschelte, drang ihr ein spitzer Schmerz der Erregung vom Schoße her in die Brust. Viel wehe Enttäuschung hatte sie zu leiden, bis Wilm am Geländer erschien. Er hatte lange geschlafen nach der erschöpfenden Arbeit der Nacht.

Er erspähte sie sofort und winkte ihr fröhlich zu. Den Rest der Stufen nahm er in großen, elastischen Sätzen. Nie war er ihr so fest und stark erschienen wie an diesem Morgen in dem flotten weißen Tennisanzug, den sie liebte als Symbol seines gewandten, sportgestählten Körpers.

»Morgen, Fräulein Hey,« begrüßte er sie munter. »Haben Sie gut –« Er unterbrach sich und blickte ihr forschend besorgt in die Augen. »Nanu – Sie sehen ja so blass aus. Ist Ihnen nicht wohl?«

Sie schämte sich nicht. Nicht ein bisschen schämte sie sich. Sie hätte ihm ganz ruhig und mutig sagen können: »Das kommt, weil ich die ganze Nacht mich nach dir gesehnt habe.« Und doch war soviel Erziehung und überkommene Konvention in ihr, dass sie wie eine züchtige Jungfrau errötete. »Nein, nein«, sagten ihre Lippen fast willenlos, »mir ist nichts. Nichts anderes als immer. Ich habe bloß nicht besonders geschlafen.«

»Dann können Sie sich mit mir trösten,« beruhigte er. »Ich bin auch erst gegen vier in die Federn gekommen. Aber jetzt entschuldigen Sie mich einen Augenblick, Will nur etwas Warmes schlürfen. Ich habe Ihnen zu erzählen. Es ging famos heut Nacht.« Damit verschwand er zufrieden trällernd im Frühstückssaal.

Sie saß und blickte durch die spiegelnden Scheiben der Glastüren. Sie konnte nur seinen Rücken sehen. Und den umfing sie mit so liebkosend zärtlichen Blicken, dass er sich mehrmals wie belästigt umsah. Dann wandte sie sich immer rasch zur Seite und grollte zornig ihrer Feigheit.

Später setzte er sich zu ihr, schlug ein Bein über das andere, zündete sich die Zigarette an und plauderte, »Gut habe ich heute Nacht geschrieben. Ich hatte den Schreibtisch in die Türöffnung gerückt. Draußen die milde, ahnende Nacht – und diese klare Stille. Es ging wundervoll. Und dann – das Gefühl, dass Sie so dicht über mir schliefen. War ja nun nicht wahr, wie Sie sagen. Sie haben wach gelegen. Aber es hat mich doch beglückend beeinflusst. Bisweilen« – er lachte – »habe ich mir eingebildet, Ihr Atmen zu hören, so körperlich fühlte ich Sie bei mir. Es war natürlich nur das Flüstern der Akazienblätter draußen. Aber diese Einbildung hat mir doch bei der Anlage Ihres Abbildes trefflich geholfen.«

»Ich freue mich innig«, sagte sie mit einem Lächeln, das er nicht recht verstand. Und ernst fügte sie hinzu: »Ich habe auch die ganze Nacht an Sie gedacht.« Es entging ihr nicht, wie die Freude ihm das Blut in die Stirn trieb. »Ich dachte immerzu daran, dass Sie dort unten säßen und mein Abbild zeichnen.« Plötzlich beugte sie sich zu ihm und flüsterte: »Ich möchte so gern hören, was Sie geschrieben haben.«

»Geduld – Geduld.« beschwichtigte er. »Ich würde es Ihnen ja gern zeigen, schon um Ihr Urteil zu hören. Es ist aber noch gar zu wenig. Wenn ich das erste Kapitel fertig habe, will ich es Ihnen vorlesen.«

Sie schwieg enttäuscht. Nach einer kleinen Weile gab sie einem Gedanken der Nacht Worte: »Wie können Sie mich eigentlich schildern? Kennen Sie mich denn genügend?«

»Ich glaube doch,« lächelte er selbstbewusst.

»Ja – äußerlich.«

»Äußerlich?«

»Nein, ich habe mich falsch ausgedrückt. Natürlich kennen Sie mich seelisch am besten –«

»Darauf allein kommt es an.«

»Allein?«, rief sie. »Das gerade wollte ich fragen. Wenn ein Künstler einen Menschen schildert, nach dem Leben schildert, wie Sie es jetzt mit mir tun, dann muss das Vorbild ihm doch zu einer Art Ton werden, aus dem er sein Kunstwerk knetet.«

Wilm nickte beifällig. »Sehr richtig«, murmelte er.

»Dann muss der Künstler sein Modell doch kennen, wie – wie – wie man – wie man sein Kind kennt. Sein Kind, das man nackt und rosig im Arm gehalten hat. An dessen Körperchen man jedes Grübchen und Fältchen und jedes kleinste Mal kennt. So denke ich, müsste man auch äußerlich den Menschen kennen, den man schildert.«

Sie sah ihn mit heißen Augen an, über ihre bleichen Wangen zogen sich rote, glühende Streifen.

Er hielt ihre Erregung für Scham darüber, dass er in Gedanken ihren siechen Körper betasten könne. »Ja gewiss –« suchte er ihre Besorgnis zu scheuchen, »man muss mit seinem Modell ziemlich vertraut sein. In dem, was Sie da sagen, ist sicherlich ein Körnchen Wahrheit. Aber es ist hier wie mit jedem Modell. Bei der Arbeit sieht der Maler nicht das nackte Weib, das vor ihm steht, sondern Farben, Töne, Linien.«

Sie hörte nicht recht auf seine Worte. Er wippte beim Sprechen mit dem Bein, das er über das Knie des anderen geschlagen hatte. Das lenkte ihre Aufmerksamkeit ab und machte sie heute so seltsam nervös.

»Es ist wie ein Spielen mit Puppen«, fuhr er lächelnd fort. »Man muss sein Modell so gut kennen, dass man mit ihm spielen kann wie ein Kind mit seinen kleinen Wachsgeschöpfen. Sie kleiden und anziehen, ihnen Hände und Arme bewegen, sie glücklich und elend werden lassen, sie baden, verheiraten, Mama spielen und was das Kind sonst noch mit seinen Puppen anstellt.«

»Und in der Sage Gott mit den Menschen,« warf sie ein.

»Sie haben wieder das Beste gesagt«, lobte er und stand auf. »Wenn Sie mir nun auch in die Hände gegeben sind, Fräulein Irene, haben Sie keine Angst. Ich bin kein Kunstschänder.«

»Nein – nein,« lachte sie beklommen. »Ich muss nun hinauf«, entschuldigte er sich, »und mein nächtliches Geschreibsel durcharbeiten.«

Er machte eine Gebärde des Abscheus.

»So schlimm?«, fragte sie bedauernd.

»Gräulich. Hilft aber doch nichts. Man hat mir oft gesagt, ich hätte einen persönlichen, flotten Stil. Ja, nachher liest sich das alles so glatt herunter. Da ahnen sie nicht, wie viel Arbeit in jeder Zeile steckt.«

Damit drückte er ihr die Hände und ging.

Es war ihr ganz lieb, allein zu bleiben und die neuen, kraus-wohligen Regungen in ihren Gliedern auftauchen, wühlen und verklingen zu fühlen. Dabei streichelte sie in der Erinnerung noch einmal jedes Wort, das er gesprochen hatte. Und plötzlich hatte sie die Vorstellung, als eine kleine, glatte Porzellanpuppe in seiner Hand zu liegen. Die hatte ihre dunkelgetönte Hautfarbe, Ganz regungslos, mit geschlossenen Lidern, lag sie in seiner warmen Hand und fühlte in jeder Pore seinen prüfend bewundernden Blick. So lag sie, hörte das Herz an die Porzellanbrust pochen und wartete mit einer Spannung, die fast den Kopf zerbarst, was er wohl tun würde.

Währenddessen saß Wilm auf seinem Balkon und feilte an seinem Stil. Die Sonne stand weiß über dem See. Faul strichen drüben drei Lastkähne durch das kaum gewellte Silber. Es war kein rechtes Arbeitswetter. Doch für Wilm schwieg die Umgebung. Er wollte vorwärtskommen. Also los! Er durchlas nochmals laut die ersten Sätze. Jetzt klang es schon. Darauf kam es an: dass es wie Musik tönte, wenn man es laut sprach. Jetzt kam ein

Ausdruck, der ihm gar nicht behagte. Fort damit. Nur nichts durchgehen lassen, das einen nicht voll befriedigte. Keine Kompromisse. Es müsste heißen – es lag ihm ja auf der Zunge – Herrgott – er hob sinnend den Kopf und starrte vor sich hin – gerade auf den Balkon zu, der schräg über ihm aus dem nächsten Stockwerk heraussprang.

Hm, »Runen« war schon besser, aber auch noch nicht ganz das richtige. »Runen um den Mund« – hm – – Auf dem Balkon über ihm war etwas, das er zunächst nur optisch sah. »Runen – Runen«, murmelte er und fasste plötzlich die hübschen Dinge über ihm mit dem Bewusstsein.

»Nanu,« pfiff er zwischen den Zähnen, »woher kommt denn auf einmal die Herrlichkeit?« Auf dem Fuß des kleinen gusseisernen Tisches da oben leuchteten innig gekreuzt ein paar allerliebste Goldkäfer-Schuhe mit blinkender Bronzeschnalle. Aber sie standen nicht trostlos leer und verlassen da, wie solche hübschen Dinger wohl hohlgähnend vor den schweigsamen Türen in den Hotelgängen trauern. O nein. Aus dem schimmernden warmen Leder heraus glänzten seidig sehr feine Knöchel in braunen, durchbrochenen Strümpfen. Und hieran schlossen sich zwei schlanke, schöngeschwungene Beine, die sanft zu wohlgewellten Waden im schönsten Crescendo anfluteten, um dann wieder sacht zu verebben und zu zwei rundlichen Knien aufzusteigen. Hier hemmte ein rotseidener Unterrock die begründete Entdeckerlust.

Angenehm überrascht wanderten Wilms Augen die abwechslungsreiche Strecke auf und nieder, und die

Freude des einsamen Mannes erwachte. Zugleich packte ihn ein reger Forschertrieb, den Ursprung dieser braunen Lieblichkeiten zu ergründen. Sein züchtig aufklimmender Blick wurde von einem dichten Geflecht rotbrauner Haare geblendet, das die Sonne zu spiegelndem Kupfer verzauberte. Mehr sah er zunächst nicht. Denn was er sonst noch aufgrund seiner naturwissenschaftlichen Kenntnisse in der Nähe dieses Haarschopfes witterte, war dicht auf die Tischplatte, anscheinend über einen Briefbogen, niedergebeugt. Dieser Annahme redete auch eine kritzelnde Feder das Wort. So kehrte Wilm feinfühlig zu den Niederungen zurück.

Bald sah er auch das Gesicht. Dass es hübsch war, leuchtete ihm sofort ein. Dichte, blondbraune Brauen, sehr pikant; und schelmische, große Lichter brannten drunter keck auf ihn hernieder. Da begann ein Riesen-Feuerwerk, hinauf und hinab, mit blinkenden Sternen und zischenden Raketen und leuchtenden Feuerrädern. Und ein kindliches Versteckspielen hob an und absichtliches Wegblicken und heimliches Beobachten und lügenhaftes, emsiges Arbeiten und verräterisches Lächeln. Und Wilm erkannte mit Genugtuung, dass die Dame über ihm seiner tiefsten Sympathie würdig war. Ein gutes, spendendes Herz hatte sie, das erkannte sein menschenkundiger Sinn sofort. Denn obwohl seine Blicke noch oft bescheiden unter dem Tische weilten, und obwohl die schöne Frau am Ausdruck seines lüsternen Mundes seine freudige Dankbarkeit erkennen musste, zupfte sie nur ganz leicht an dem Unterrock, ließ aber im Übrigen alles hübsch zur Schau. Und das war umsomehr anzuerkennen, als Wilm das nervöse Jucken der

Füße unter seinen wohlwollenden Blicken nicht entging. Da beschloss er, sie in Berlin den weitesten Ehrungen für Werke der Mildtätigkeit in Vorschlag zu bringen.

Plötzlich stellten sich die Goldkäferschuhe auf das Pflaster des Balkons, ein lichtblauer Kleiderrock fiel, wie der eiserne Vorhang über ein heiteres Schauspiel, und die Dame entschwand ins Gemach. Unterm Arm trug sie großmächtig eine grünlederne Schreibmappe.

»Jetzt geht sie aus,« überkam es Wilm ahnungsreich. Wenn sie seine Begleitung wollte, – was Wilm stark vermutete – würde sie im Hut noch einmal holdselig herniederstrahlen.

Der Weiberkenner behielt recht. Der taubengraue Topfhut auf dem metallischen Haargeflimmer verriet mondainen Geschmack. Der Romanembryo flog in die Schreibtischlade, der Autor die Treppe hinab.

Sie stand bereits unten in der Halle im Gespräch mit dem Hoteldirektor und lachte über den köstlich launigen, trockenen Humor dieses Mannes, der für jeden seiner Gäste stets ein freundlich-sarkastisches Lächeln und ein spöttisch-gutmütiges Sprüchlein bereit hielt. Als Wilm vorüberkam, rief er ihm in seinem hübschen Schweizer-Deutsch zu: »Guten Morgen, Herr Dichter, nun, wie küsst die Schweizer Muse?«

»In der französischen Schweiz etwas schwül,« lachte Wilm und ging hinüber zu Irene Hey.

»Sie gehen aus?« staunte sie. »Ich dachte, Sie wollten arbeiten?«

»Kann nicht«, brummte er und schielte zu dem Rotkopf hinüber. »Muss laufen. Habe gute Ideen, die zum Leben wollen.«

Und da drüben das Geplauder beendet war, und der Piccolo der schönen Frau und der Gefahr, sie aus den Augen zu verlieren, das Tor öffnete, berührte Wilm flüchtig die dargebotene Hand und stob davon.

Irene Heys ahnungslosem Gemüte war dieser aktive Verfolgungswahn entgangen. Nur seine kühle Eile fiel ihr auf. »Künstlerlaune«, entschuldigte sie nachsichtig, und ihr Gefühl für ihn stieg um einige Wärmegrade. Der Schriftsteller folgte der vor ihm hinschlendernden Dame. Mit Wohlgefallen gewahrte er diese Vereinigung eines schlanken, vornehmen Wuchses mit der tröstlichen Fülle der Dreißigjährigen, zollte ihrer Erfahrung und ihrem Chic in Toilettefragen seinen Beifall und ihrem forschen, wippenden Gang, den er ungemein schätzte.

Hinter der Kirche bestieg sie die Zahnradbahn, die zur Stadt hinauffährt. Auch in Wilm erwachte die Sehnsucht nach den Höhen. Die schöne Frau ging in den Wagen hinein, der Verfolger blieb auf der Plattform. Sie wandte nicht den Kopf, doch am Zucken der wohlgepolsterten Schulterpartie unter der dünnen Bluse erkannte er, dass sie seine Nähe witterte. Oben angelangt, durchmaß sie, ohne sich ein einziges Mal umzublicken, die engen Irrgassen zur Gorge de Chauderon und lustwandelte hinein in den Wald. Er folgte ihr getreulich. Und als sie den schmalen Pfad an dem stürzenden Wildbach entlang ging, holte er sie ohne weitere jünglingshafte Verfolgungsplänkelei ein, grüßte und sprach:

»Gnädige Frau, der Weg hier ist steil und gefährlich. Die Kavalierpflicht gebietet mir, Ihnen zur Seite zu stehen, um im Notfalle dabei zu sein.«

»Wobei?«, fragte sie, sichtlich überrascht.

»Beim Fallen.«

»Sie sind ja im Leben ebenso keck wie in Ihren Skizzen«, sagte sie und zog die pikanten Brauen hoch.

»Kecker,« beruhigte er.

»Das kann ja heiter werden.«

»Sehr heiter.«

»Sie sind köstlich!«, rief sie zürnend.

»Sie auch.«

Da lachte sie und die Brücke war geschlagen. Und munter plaudernd tummelten sie sich auf ihr einher. Der Direktor hatte ihr seinen Namen genannt. Es zeigte sich, dass sie alte gute Bekannte waren. Sie hatte alle seine Feuilletons mit großem Genuss gelesen. Eine ganze Weile konnte sie es nicht fassen, dass Oskar Wilm, über dessen Witze sie so oft herzhaft gelacht hatte, nun leibhaftig neben ihr ging. Er meinte, es gäbe im Leben so manche Dinge, die man nicht gleich fassen könne noch dürfe, doch die Zeit greife hier unterstützend ein. Und er fasste ihre linke Hand.

Sie entzog sie ihm schmollend, gebot ihm, keine Dummheiten zu machen, und ihr lieber zu erzählen, was er jetzt schreibe.

»Einen Roman.«

»Roman?!« Er, der Meister der Skizze, einen Roman?

»Allerdings, einen Roman!«

»Da bin ich aber neugierig,« gestand sie. »Wann wird er denn fertig? Das muss ja ein Paradies von Pikanterie werden.«

»Wird's. Fast nur Apfelgeschichte,« verriet er geheimnisvoll.

Ganz lebhaft wurde sie. Es war auch zu spannend, mit einem lebenden Dichter durch den einsamen Forst zu wandern und mit ihm über sein Werk zu sprechen. So ganz anders war es als alles das, was sich ihr Leben nannte daheim, Berlin W. 30, Motzstraße 97.

»Wen schildern Sie denn? Natürlich eine Frau. Nicht wahr?«

»Selbstverständlich.«

»Welche? Ist sie hier in Montreux?«

»Vielleicht.«

»Vielleicht? Wieso vielleicht? Das müssen Sie doch wissen. Es muss doch eine bestimmte sein.«

»Wieso?«

Sie blinzelte ihn verdutzt an. Sie wollte um alles in der Welt vor dem Dichter nicht töricht erscheinen.

»Wieso?« wiederholte sie zögernd.

»Ich binde mich nicht gern. Was mir gerade in den Weg läuft, arbeite ich hinein.«

»Wirklich?« Sie zog staunend die dichten Brauen zu der etwas niedrigen Stirn hinauf, dass sie fast unter den modernen Locken verschwanden. Und in greller Erleuchtung rief sie: »Schildern Sie doch mich!«

»Kommt drauf an.«

»Worauf?«

»Ob Sie in das Paradies von Pikanterie hineinpassen.«

»Ich will mir Mühe geben«, gelobte sie lachend. Aber gleich darauf wurde sie bitterlich ernst. Wilm wusste, was jetzt kommen musste. Und es kam. Er verstehe sie nicht, wenn er glaube, sie sei eine kleine, leichte Person. Er habe ja allerdings allen Grund, sie für Gott weiß was zu halten, weil sie sich von ihm habe so ohne Weiteres ansprechen lassen. Aber mein Gott! Sie wohnten doch im selben Hotel, und dann habe sie doch gewusst, wer er sei. Und da holte sie auch schon die anderen Maßstäbe hervor, die man an Künstlernaturen legen müsse. Und dann – Herr Gott – sie *wollte* mal etwas anderes kennenlernen als immer und ewig dies graue Einerlei. Und dann servierte sie die Geschichte von dem Manne, der nur Sinn für sein Geschäft hatte, der sich nie Erholung gönnte und seine Frau allein auf Reisen schickte. Der nicht einmal eifersüchtig war. Wilm kannte diese ebenso wahre wie uninteressante Erzählung. »Ja«, schloss sie, »und so vergeht das Leben, ohne dass man ein einziges Mal gelebt hat. Vielleicht ist es töricht, dass man dicht an den Dreißig noch immer mit der Sehnsucht der Dreizehn herumläuft. Aber man tut es. Tut es. Man glaubt immer, das Leben müsse etwas ganz Neues bringen, etwas anderes – etwas Überraschendes –!«

Sie lächelte ganz bleich.

Er hatte zugehört, bald »Ach je!« gesagt, bald »Sie Arme« dazwischengeklagt. Jetzt seufzte er tief gefühlt: »Wie ich Sie verstehe!« Und jetzt ließ sie ihm die Hand.

»Aus meinem Leben kann man ein Buch machen«, sagte sie überzeugt.

Er nickte. Das glaubten sie alle. Er hatte in seinen jungen Jahren schon eine ganze Bibliothek durchlebt.

»Einen Menschen möchte ich finden,« bangte sie. »Einmal nur.«

»Vielleicht finden Sie ihn hier,« tröstete er zuversichtlich. Sie blickte ihn an, er lächelte verschmitzt.

»Ach Sie,« entzog sie ihm empört ihre Hand. »Sie haben kein Herz. Sie spielen nur mit mir. Sie glauben wohl gar – Seelengemeinschaft suche ich.«

»Was denn sonst?«, fragte er voll Unschuld.

»Schämen Sie sich,« gebot sie. »Was denken Sie bloß von mir? Man soll Männern aber auch nicht einen Schritt entgegenkommen. Gleich werden sie dreist. Ich mache Sie darauf aufmerksam, dass ich eine anständige Frau bin.«

»Das freut mich,« entgegnete er sichtlich erleichtert. »Die Grundsätze meiner Moral hätten mir auch nicht gestattet, mit einer unanständigen Frau zu verkehren.«

IX.

Sehr angeregt und vertraut kehrten sie ins Hotel Eden zurück. Die Halle atmete eine öde mittagliche Verlassenheit, an dem großen Zeitungstisch ordnete der Portier die durcheinander geworfenen Journale. Gegen die Türen des Speisesaales brandete das Summen einer Volksmenge. Es war längst Frühstückszeit.

»Wir könnten uns eigentlich zusammensetzen«, schlug Frau Weigand vor. »Wenn Sie einen Tisch für sich haben, natürlich. Mich hat der Oberkellner, als ich gestern Abend ankam, mitten unter eine langstielige Niederländerei gesteckt.«

»Das geht nicht,« lehnte er brüsk ab. Und als sie verletzt zu ihm hinblickte, fügte er erklärend lächelnd bei: »Tischzeit ist meine Studienzeit. Da beobachte ich diese emsig mit sich selbst beschäftigte Sippe. Stibitze mir von dem einen die schnüffelnde Nase, von der anderen die gierig spähenden Augen, von jener die raffenden Finger. Das ritzt sich alles in das Skizzenbuch meiner Hirnrinde ein für kommende Bedarfsfälle. Sie müssen also schon entschuldigen.«

»Die Kunst geht immer vor,« entgegnete sie, stolz, solchen Argumenten weichen zu müssen. Ja, das begriffe sie sehr gut. Habe es sich auch eigentlich immer so gedacht, dass ein Künstler nie raste, immer auf der hastenden Jagd nach Modellen und Stoffen sei. Armer Kerl! Sie drückte ihm innig verstehend die Hand und begab sich fügsam gehobenen Sinnes zu ihrem Stammsitz.

In Wahrheit dachte Wilm nicht an Studien und Modelle. Seit wann beobachtet ein schaffender Mensch mit Vorsatz! Er lächelte über das mitleidige Verstehen der guten Frau Weigand, während er zu seinem Platze vordrang. Es war ihm einfach ein peinliches Gefühl, mit dieser Frau dicht hinter Irene Hey zu sitzen und ihren feinen Ohren dieses seichte Geplänkel zu bieten. Der Gedanke, seine Freundin könne es mit anhören, wie er gönnerhaft diese Frau aufwühlte, war ihm unerträglich. Er fürchtete den hellen, durchschauenden Verstand der

Kranken und schämte sich vor dem mitleidigen Zucken ihrer spöttischen Lippen, wenn das verzückte Stammeln des Rotkopfes zu ihr dränge: »O, Herr Doktor, ich begreife Sie so gut. Einem Künstler, wie Sie, *muss* man ja so vieles nachsehen!« Nein, sein Gefühl sagte ihm sehr deutlich, dass er vor Irenes menschenkundigem Sinne im Glorienschein dieser überspannten kleinbürgerlichen Anschwärmerei eine grotesk-traurige Figur machen würde. Deshalb verbannte er die schöne Frau von seinem Tische.

Als er Irene Hey begrüßte, fragte sie gleich lebhaft: »Nun, sind die wallenden Gedanken zum Leben gedrungen? Haben Sie sie gefasst?«

»Ja,« schmunzelte er spitzbübisch und freute sich der doppelsinnigen Antwort. Dann suchte er in dem blonden, braunen, grauen Gewühl den metallischen Bronzeton. Dort drüben leuchtete er neben dem fleischigen Rot einer polierten Glatze. In komisch-kläglicher Verzweiflung blinzelte sie zu ihm herüber, mit den Augen auf ihre biedere Tischgenossenschaft deutend. Gleich darauf aber beugte sie sich mit artig-zuvorkommendem Lächeln der mynherrlichen Glatze zu, die sich in radebrechender Unterhaltsamkeit ihr zuwandte.

Nach Tisch machte es sich von selbst, dass Wilm Irene Hey zu einem kleinen Plausch in die Halle führte. Hier saßen sie täglich eine Weile, genossen das faule Nachtisch-Behagen und schlürften ihren Mokka, ehe Irene Hey sich zur Ruhe begab.

Sie bemerkte bald, dass er heute nicht recht in Plauderstimmung war und gab liebevoll der durchwachten

Nacht die Schuld. »Sie sollten sich jetzt auch ein wenig hinlegen«, sagte sie, »wenn Sie heut Nacht wieder schreiben wollen.« Und gut mütterlich lächelte sie ihm zu: »Ich muss auch ein bisschen für Ihr Wohl sorgen, weil Sie so fürsorglich zu mir sind.«

Er machte eine abwehrende Geste.

»Doch,« beharrte sie. »Sie müssen an Ihre Gesundheit denken. Heute merken Sie noch nichts. Warten Sie nur, bis Sie vierzig sind. Gerade in dieser Zeit des Schreibens müssen Sie sich sehr schonen. Jetzt, da Sie unruhvoll von gärenden Gedanken einhergetrieben werden, müssen Sie –«

In diesem Augenblick rauschte Frau Weigands seidener Unterrock vorbei. Die Trägerin grüßte Wilm mit einem vertraulichen, besitzstolzen Lächeln.

Irene blieb das Wort schwerbleiern auf der Zunge gebannt. Nach einer Weile erst konnte sie hervorpressen: »Kennen Sie die Dame?«

»Aus Berlin,« gab er lakonisch zurück.

Irgendwo in der Brust tat es ihr sehr weh. Ein unbestimmter, irrender Schmerz stieß sie in die Herzgegend. Seherisch ahnte Irene Hey die Feindin. Sie sank plötzlich in sich zusammen und fiel gegen die Strohlehne des Stuhles. Ein starkes Zittern rüttelte sie. Sie wusste, dass sie sich jetzt zusammennehmen müsse, gerade jetzt, wie noch nie in ihrem Leben voller Selbstzucht, sie empfand es ganz bewusst, dass gerade jetzt ihr Gebrechen ihn abstoßen würde. Doch sie zitterte und bebte immer heftiger und fühlte schmerzhaft ihr gegenstandsloses Sträuben. Wie in einem lähmenden Traum war es, wenn man in tödlichster Gefahr schwebt, wenn man entrinnen muss, weil der Verfolger dicht auf den Fersen ist, und doch kein Glied rühren kann. Sie hatte das Gefühl, sie liege ausgestreckt in einer kalten, unendlichen Dunkelheit und zucke und schaufele mit Händen und Füßen ohnmächtig ins Leere.

Wie aus weiter Ferne hörte sie seine leise, beruhigende Stimme: »Ruhe. Fräulein Hey, Ruhe. Was ist Ihnen nur auf einmal?«

Da riss sie sich mit eiserner Anspannung ihrer letzten Kraft empor, dass ein leuchtender, weißer Schmerz durch das Gehirn fetzte, setzte sich straff auf im Stuhle, umklammerte die breiten Lehnen mit krampfenden, blauen Fingern und blickte wie schlaftrunken um sich.

»Ist Ihnen schlecht?«, fragte er unruhig.

»Nein – nein,« sie fuhr mit der Linken über die noch lichtscheuen Augen. – »Es war nichts. Ein kleiner Schwindel. Es ist schon wieder gut.«

»Sie sollten sich hinlegen«, riet er.

Sie nickte gehorsam und wand sich an dem Stuhl in die Höhe. Ihre Knie hasteten hin und her. Er sprang hinzu, fasste sie fest um die Taille und führte sie behutsam zum Lift. Wie durch einen wallenden Schleier sah Irene, dass sie an der Fremden vorbeikamen, die ihr mit erstaunten, begriffsstutzigen Augen ins Gesicht starrte. Und mit dem Feingefühl der Eifersucht empfand sie, dass der Arm, der sie stützte, von einer feigen Scham durchzittert wurde.

Das alles erlebte sie grell, trotz des Nebels, der um ihre Sinne schwebte, und suchte sich straff aufrecht zu halten und brach fast unter ihrer Schwäche zusammen. Wie Stiche fühlte sie die verfolgenden Blicke der Frau im Rücken. Erst als die Schiebetüren des Fahrstuhls sich geschlossen hatten und sie auf der roten Samtbank kauerte, wurde ihr freier und leichter. Je höher der Lift stieg, desto geborgener wurde ihr. Kindlich deuchte es sie, die schwarze Gefahr sei tief unter ihr zurückgeblieben und könne ihrem raschen Höhenfluge nicht folgen. Unklar dachte sie in den eiligen Sekunden des Ausstiegs: »Jetzt hockt sie unten am Schacht wie ein böser Drache und geifert uns giftig ihren Gluthauch nach. Doch erreichen kann der uns nicht – nein – niemals– –«

»Wollen Sie nicht aussteigen?« hörte sie Wilms Stimme.

Jetzt erst ward ihr bewusst, dass sie die Augen geschlossen hatte. Bereitwillig raffte sie sich auf, eine kleine Mattigkeit zitterte noch in den Kniekehlen. Aber wacker schritt sie an seinem Arm den Korridor entlang. Und jäh durchströmte sie ihre arme Liebe. Ohne recht zu wissen, was sie tat, presste sie seinen Arm gegen ihre Brust. Er merkte es wohl, hielt es aber für eine Bewegung ihrer Schwäche.

»Gleich sind wir da.« begütigte er sie wie ein Kind, »dann legen Sie sich hin und ruhen sich tüchtig aus. Sie haben sich vielleicht doch in der letzten Zeit auf diesen Spaziergängen zu sehr angestrengt.«

Sie verstand nicht die Worte. Sie horchte nur auf den Wohlklang seiner Stimme. Wie ein lindes Tasten seiner Hand fühlte sie den Ton auf ihrer Haut.

»Jetzt tue ich etwas«, raunte es in ihr. »jetzt tue ich etwas. Irgendetwas. Er wird es verstehen. Ich erobere ihn mir, jetzt, ehe die andere ihn mir entreißt. Wie sie ihn angelacht hat! Jetzt muss ich noch etwas tun. Gleich, ehe es zu spät ist. Ihm sagen: »Komm – komm. Ich gehöre dir. Ich liebe dich. – Ich liebe zum ersten Male. Mein ganzes Leben schenke ich dir –«. Hastig flatterten die taumelnden Gedanken.

Sie standen vor ihrer Tür. Er hatte sie zum ersten Male hinaufbegleitet. Sonst holte sie die Wärterin.

»Da sind wir wohl«, sagte er. »49?«

Sie nickte.

Unschlüssig blieb er stehen. »Soll ich öffnen?«

»Bitte«, antwortete sie leise.

Als er öffnete, schlug ihm ein eigenartiger, frischer Duft entgegen.

»Wie hübsch das bei Ihnen ist,« staunte er. »Und seltsam. Dass jede Wohnung ihren bestimmten Geruch hat, habe ich gewusst. Heute erfahre ich, dass der jedem Einzelnen eigentümliche Duft so stark ist, dass er sich selbst diesen unpersönlichen Hotelzimmern mitteilte.«

»Ich rieche nichts,« gab sie zurück und kämpfte mit ihrem Entschlusse. »Jetzt sage ich's, jetzt sage ich's.«

Er zog seine Hand unter ihrem Arm hervor. »Also nun erholen Sie sich recht. Und wenn Sie sich nachher nicht wieder ganz wegefest fühlen, bleiben wir heute zu Hause. Das Wetter scheint sich ohnehin zu trüben.«

Damit gab er ihr die Hand. Und ehe sie recht zur Besinnung kam, schloss sich hinter ihm die Tür.

Benommen, ohne recht zu begreifen, weshalb sie plötzlich allein in ihrem Zimmer war, stand sie einen Augenblick regungslos da. Dann fiel sie mit dem Oberkörper hart gegen den Türpfosten, riss die Tür auf und lauschte in einer wahnwitzigen Spannung hinaus. Sein Schritt eilte über den Läufer, jetzt klang er helltönig auf dem Marmorflies des Übergangs zur Treppe – jetzt fiel der Schall hinab – erste Treppe – jetzt ging er über die Verbindung – huschte die zweite Treppe hinab – jetzt war er im Erdgeschoss – dort lag sein Zimmer – tripp – tripp – tripp – er ging hinunter – wie er eilte – tripp – tripp – tripp – wie er hastete – zu ihr – jetzt lächelte sie ihn an – frech und lockend wie vorhin – sie hörte ahnungshaft den Klang der fremden Stimme – »Nun, Herr Doktor, sind die Krankenwärterdienste erledigt –?«

Sie glitt zu Boden, die Stirn presste die Tür ins Schloss, und dort lag sie zusammengekauert, bis die Wärterin kam, sie aufhob und aufs Bett legte.– –

X.

Irene Heys krankhaft gespanntes Gemüt hatte richtig geahnt. Wenn Frau Weigand ihn auch nicht gerade mit den Worten »Nun, Herr Doktor, sind die Krankenwärterdienste erledigt?« empfing, so war doch ihr bedauernd ironisches Lächeln beredt genug. Da er verärgert schwieg, begann sie endlich scheinbar arglos: »Ich hätte Sie gar nicht für so gutherzig gehalten.«

»Wieso gutherzig?«

»Na hören Sie mal, Sie üben die christliche Nächstenliebe doch in sehr konkreter Form.«

»Mit christlicher Nächstenliebe hat das nichts zu schaffen«, brummte er. »Das arme Mädel hat bisher nichts von ihrem Leben gehabt. Deswegen gebe ich ihr, was ich ihr geben kann.«

»Was haben wir andern denn vom Leben gehabt!«, rief erregt die schöne Frau und sah in ihrem Schmerz der Entbehrung noch schöner aus, was Wilm anerkennend zur Kenntnis nahm.

»Sie trägt *ihr* Leid nur in sehr handgreiflicher Form mit sich herum,« sie machte eine unwillkürliche Gebärde erinnernden Unbehagens. »Wir andern – aber ein Psychologe wie Sie braucht doch wahrhaftig nicht diese äußere Veranschaulichung des Kummers.«

»Ach, gehen Sie,« machte Wilm, »wie können Sie das nur vergleichen. Ihr bisschen seelische Bedürftigkeit – nehmen Sie es mir nicht übel – und die Tragik dieser Krankheit! –«

»Ich mag Krankheit nicht!«, rief die schöne Frau unlogisch.

Er lachte hell auf.

»Was haben Sie?«, fragte sie unsicher.

»Nichts,« lachte er vergnügt fort.

Ihre Pupillen irrten verlegen: Solche Künstlernatur war doch zu unberechenbar! Und kindlich zaghaft getraute sie sich: »Ich wundere mich ja nur über Sie. Ich las mal irgendwo, Goethe hatte einen Abscheu vor Krankheit. Er hielt sich kranke Menschen hartherzig vom Leibe. Deshalb staune ich, dass Sie als Künstler« – sie machte mit dem Kopf eine bezeichnende Geste in der Richtung der oberen Räume.

Wilm zündete gemächlich seine Zigarette an. »Ob das mit Goethe stimmt«, begann er behaglich, den Rauch in einem langen, festen Strahl ausstoßend, »weiß ich nicht.«

»Sicher«, unterbrach sie lebhaft, und raffte ihr pikant gebogenes Näschen, »ich hab's doch gelesen.«

»Also ist es nicht wahr,« bestätigte er sachlich. »Aber selbst wenn die goetheforschenden Maulwürfe recht hätten, darf ich, ohne mir zu nahe zu treten, bekennen, dass mir diese geheimratliche Verklärtheit abgeht. Und dann, meine liebe gnädige Frau, muss jeder Fall hübsch individuell behandelt werden. Hier bin ich der nehmende Teil. Dieses arme Mädel gibt mir unendlich viel. Sie besitzt die umfassendste, zum Leben gewordene Bildung, die ich je bei einer Frau gefunden habe!«

»So – so,« tat Frau Weigand, und das spöttische Lächeln war ihrem Verdruss ein schlecht verhüllender Vorhang. »Bildung,« sie zuckte die hübschen Schultern, »gewiss, Bildung ist etwas ganz Schönes. Aber gerade einem Künstler gegenüber –« sie unterbrach sich lebhaft. »Sagen Sie mir doch bloß eins: Könnte eine solche Kranke Sie inspirieren?!«

»Wer weiß?«, sagte er geheimnisvoll.

»Sie könnte?!«, rief die schöne Frau entgeistert.

»Na, wissen Sie! Wollen Sie die etwa in Ihr Paradies der Pikanterie eingehen lassen?«

»Warum nicht?«, fragte er unschuldig.

Frau Weigand schüttelte sich. »Ich finde ein Buch über eine solche Kranke geradezu unästhetisch,« entschied sie kategorisch. »Krankheit ist überhaupt kein Gegenstand für die Kunst. Kunst muss doch schön sein und –«

Wilm hob den Arm wie ein Haltsignal. »Über Kunst will ich mit Ihnen nicht polemisieren. Zum Fachsimpeln sind Sie mir zu hübsch. Lassen wir überhaupt alles andre und konzentrieren wir uns nur auf Sie.«

»Sie ist übrigens bis über die Ohren in Sie verliebt,« stieß Frau Weigand jäh hervor.

»Wer?«

»Nun, die dort oben.«

Da lachte Wilm ein herzerfreuendes Lachen.

»Woher wissen Sie die Neuigkeit?«

»Glauben Sie, ich bin blind? Man braucht ja nur zu sehen, wie sie sich mit den Augen an Sie klammert. Frauen sehen so etwas sofort.«

Wilm lachte noch immer. Was solche kleine Frauen nicht alles sahen! Irene Hey verliebt! Er fühlte plötzlich, wie hoch sie ihm stand. Dass es ihn schon unbehaglich berührte, wenn diese Frau da von ihr sprach und sie mit ihrer kleinlichen Eifersucht befleckte. Noch nie hatte ihm die reine Hoheit ihrer Freundschaft so lauter ins Gemüt geleuchtet. Innig, wie nie zuvor, fühlte er sich mit der armen, klugen Freundin dort oben verbunden. Beschämende Reue ergriff ihn ob des feigen Gefühls, mit dem er sie vorhin zum Lift begleitet hatte.

Der Ausdruck seines Gesichtes machte die schöne Frau unsicher. »Was haben Sie nur?« grollte sie, »glauben Sie etwa, ich bin auf diese Unglückliche eifersüchtig?!«

Wilm sah nur ihre feuchten, sinnenfrohen Lippen. »Nein.« lächelte er verbindlich, »denn ich bin nicht vermessen genug, mir einzubilden, dass Sie mich vor heute Abend lieben werden.«

Da glätteten sich die Runen des Unmuts zwischen ihren Brauen und holdselig lächelnd dämmte sie seine Zuversicht. »Es täte mir leid. Sie zu enttäuschen. Liebe gibt es nicht zwischen uns, jedenfalls nicht so, wie Sie sich das denken. Ich sagte Ihnen schon einmal, einen Menschen suche ich, dem ich mein Innerstes anvertrauen kann.«

»Na also«, meinte er gelassen.

»Sie sind sehr dreist«, schalt sie. »Ich sage Ihnen nochmals, geben Sie alle solche niedrigen Gedanken auf. –«

»Niedrige?! Aber, gnädige Frau. Ihre Liebe ist mir das Höchste.«

»Ich bin meinem Manne treu, sage ich Ihnen. Nicht aus Liebe, das bekenne ich ganz offen, aber aus Pflichtgefühl. Ich habe ihm nun einmal Treue gelobt. Mein Körper gehört ihm allein. Das Beste an mir, meine Seele, die will er ja gar nicht, für die hat er kein Verständnis. Die bangt und trauert nach einem Unterschlupf.«

»Ich bitte, sie vorläufig vertrauensvoll bei mir zu deponieren.« lud Wilm ein und blickte auf die Uhr.

»Wollen Sie fort?«, fragte sie unmutvoll.

»Noch nicht. Ich habe Fräulein Hey versprochen, um vier Uhr mit ihr zu wandern.«

»Wer ist Fräulein Hey?« forschte sie argwöhnisch.

»Die kranke Dame.«

»Wie, mit der machen Sie Ausflüge?«

»Jawohl – täglich.«

Sie blickte ihm suchend in die Augen. »Dann lieben Sie sie,« löste sie prompt das Rätsel. »Das tut nur die Liebe, solch armes, zappelndes Wesen durch die Straßen schleppen.«

»Reden wir nicht von ihr«, sagte er ärgerlich.

»Na ja – solch Künstler ist ja zu allem fähig. Also er liebt sie!« Sie blickte fassungslos zur Decke auf. »Das ist sicher eine perverse Veranlagung, die da bei Ihnen zum Durchbruch kommt,« stellte sie treffsicher dem unerhörten Fall die Diagnose.

»Ich gehe halt mit meiner Zeit mit,« gestand er.

»Aber gerade Sie. Der zu Frauen so zynisch ist!« staunte sie. »Ich begreife es dennoch nicht recht –«

»Zynisch,« – um seinen Mund huschte sein verwegenes Lächeln, »zynisch, Verehrteste, bin ich nur den Frauen gegenüber, die mir gefährlich sind. Das ist der Drahtverhau meiner Verteidigungslinie.«

»Aha,« atmete sie befriedigt auf, »jetzt wird mir manches klar.« Und sie wünschte, er möchte noch tausendmal zynischer werden.

»Wenn Sie wollen«, sagte er, »können Sie ja mitgehen.«

»Danke sehr,« schlug sie ärgerlich aus. »Ich habe keinen Drang zur Bildung.«

»Gut,« nickte er trocken, »aber gehen wir abends zusammen ins Kurhaus.«

»Auch in Begleitung?«

»Nein«, sagte er, ihre Torheit stark missbilligend, »dann würde ich mir doch die Aussicht vergeben, Sie auf dem Heimwege geziemend zu küssen.«

Sie schnellte empor. »Sie sind der unverschämteste Mensch, der mir bis jetzt begegnet ist.«

Er drückte ihr sein innigstes Beileid aus über die Härte ihres bisherigen Geschickes.

»Ich habe ja allerlei auf Reisen getroffen. So etwas ist mir denn doch noch nicht zugestoßen.«

»Was in meinen schwachen Kräften steht, soll nachgeholt werden«, versicherte er.

»Und das Empörendste ist diese Offenheit, mit der Sie Ihre ruchlosen Absichten enthüllen.«

Er nickte. »Heine hat gesagt: Gute Dichter überraschen nie. Vorbereitung erhöht die Wirkung. Ich habe mich stets bemüht, den Rat des Meisters zu beherzigen.«

XI.

Irene Hey lag zusammengekrampft auf dem Bett, die Lider blauschwarz vor Ermattung. Es war ihr, als brenne ein Wundmal in ihrem Rücken. Sie fühlte dort noch immer den Druck seines führenden Armes und empfand, wie er zitterte in erbärmlicher Scham. »Er schämt sich meiner,« keuchte sie in die Kissen. »Er hat sich meiner geschämt. Vor dieser hübschen Larve hat seine Männlichkeit sich in Scham gekrümmt!«

Sie schluchzte auf und verbiss sich fester in das Linnen, dass die Wärterin sie nicht hörte. So feig war er, dass ihre Schwäche ihn bedrückte, wenn die Andere mit ihren lüsternen Blicken zu ihm hinüber äugelte. Sie schluchzte, dass es dumpf in den Spiralen des Bettes nachtönte.

Alles hatte er vergessen: Ihre reichen Stunden, ihre atemraubenden, tastenden Ergründungen, die stille Feier ihrer schönheitsbegeisterten Seelen draußen auf dem See, wenn ringsum die Fanale der Nacht auflohten auf den Firnen. Und auch das war in ihm verweht, was gestern um die alten Mauern von Chillon sein feines, ihr unzerreißbar dünkendes Gespinst gezaubert hatte. Und das alles verging, weil eine hübsche Maske in seinen Bannkreis getreten war. In Hass und Wut zerfetzte sie zwischen den Zähnen das starre Leinen des Kissens. Äußerlich und brutal war er wie alle Männer. Und sie hatte ihm vertraut und hatte ihm ihr Bestes dargebracht, sie, die in scheuer Zurückhaltung ihr junges Leben vertrauert hatte, sie, die – ja, jetzt schien es ihr, als habe sie all die Jahre nur für ihn gespart, jeden weitspannenden spähenden Gedanken, jedes reiche Gefühl, jede zarte, goldumsponnene Träumerei. Alle ihre aufgespeicherten, behüteten Kostbarkeiten hatte sie zu seinen Füßen ausgebreitet – freudig – besitzstolz – und er hatte mit ihrem Schatz gespielt und ihn durch die Finger gleiten lassen, solange keine buntere Zerstreuung ihm winkte. Aber bei der ersten Lockung ließ er achtlos ihre Kleinodien am Boden liegen und folgte blind dem trügerischen Schimmer des ersten besten Talmiglitzersteines. Ach, er war ein kleines Herdenmännchen, wie alle anderen, und sprang dem ersten Weibchen nach, das sein Girren an ihm probte. Nein, er war nicht einer von den Wenigen, und alles Große, das sie an ihm gesehen hatte, war Widerschein ihrer Sehnsucht nach einem überragenden Menschen.

Die Enttäuschung hing wie ein schweres Steingewicht in ihrer Brust und zerrte und riss an den Geweben, dass sie sich in körperlichen Schmerzen wand. Und dann streckte sie sich lang aus und lag da und schluchzte wie ein Kind. Und es war ihr, als treibe sie in einem ruhelosen, weiten, wallenden Meere der Verlassenheit. Dann und wann rollte eine berghohe Welle dräuend auf sie zu, brach krachend über ihr zusammen und schlug ihr den Gischt peitschend ins zuckende Gesicht. Und sie lag und konnte kein Glied zur Abwehr rühren und fühlte im Gehirn bohrend das Bewusstsein, dass nun das Leben zu Ende sei: dass sie nun ihren kranken Leib nicht weiter schleppen könne und nicht ihre müde abgehärmte Seele: dass sie nun versinken müsse ins schwarze, bodenlose Missgeschick. Nie in ihrem glücksarmen Leben hatte sie sich so verlassen und vom Schicksal misshandelt und getreten gefühlt, als an diesem unglückseligen, hoffenstoten Nachmittage. Sie trieb dahin in dunklen Qualen, matt und sterbenswund, und fürchtete und wünschte es doch, ein schwarzes Tor möge sich öffnen und der Strom, der sie dahinriss, möchte sie hinabschleudern in kalte Finsternis. Und purpurn-schwarz würde es sein, wie wenn man plötzlich die Augen schloss – Dunkelheit ohne Laut und fühlbare Stille. Regungslos lag sie und lauschte auf das Ende, das jetzt kommen musste. Und immer ruhiger wurde es in ihr. Es war, als schlage das Herz immer leerer und matter. Aber plötzlich schrie sie grell auf. Wie gegen ein scharfkantiges Riff hatte ihre Stirn sich weh an dem Gedanken gestoßen, dass er jetzt dort bei der anderen saß und ihr zulächelte und auch nicht einen Herzschlag lang an sie dachte. Und wieder ächzte sie in ohnmächtig wütender Eifersucht und biss in die Kissen ihren hilflosen Hass.

Und sank wieder zurück in die Schwäche ihrer einsamen Unseligkeit.

Zur offenen Tür herein drang ein brausendes Rauschen. Ein Unwetter zog den See herauf und nistete sich ein in den Schluchten der Berge. Klirrend ratterte die Glastür ins Schloss.

Irene Hey setzte sich im Bette auf. Weiße Wolken hetzten drüben dahin am Hang der Savoyer Alpen. Wirr, taumelig, stieg sie aus dem Bett, schleppte sich zum Fenster und presste die Stirn an die sturmkalten Scheiben. Die brausende Wildheit draußen tat ihr wohl. Sie sog die Erregung der Natur in langen Atemzügen in sich ein. Die Bergwand dort drüben hatte eine stumpfe, schieferblaue Färbung, die Wolken hingen tief und schwer. Der Sturm bog die Bäume im Garten. Der See war hellgrün und stieg wie ein Meer in kurzen überstürzenden Wogen mit tückischen Gischtkämmen.

Irene Hey staunte nicht ob dieser jähen Wandlung des sanftmütigen blauen Wassers. Ihr war, als müsse Aufruhr und Sturm sein, allüberall. Hoch auf spritzten die Wellen, gelblich brandend gegen den Kai. Draußen, unfern dem Ufer, wurden die Schwäne des Sees umhergeworfen, schlugen erschreckt und verwundert mit den Flügeln und wussten nicht recht, was aus all diesem ungewohnten Wogen und Wallen werden sollte.

»Ich weiß es auch nicht«, dachte Irene Hey, schleppte sich zum Bett zurück und kroch fröstelnd unter die Decke. Nein, sie wollte nicht wieder so willenlos dahintreiben. Straff setzte sie sich auf, blickte mit verstörten Augen umher und rang mit der Düsternis in ihrem Gehirn, wie der Fieberkranke kämpft gegen die verworrene Pein seiner quälenden Träume.

Was war nur – ja – was war denn nur geschehen? Sie suchte zur Klarheit aufzutauchen. Was hatte sich bloß zugetragen, dass sie so elend war, so arm und so undenkbar elend? Was hatte sich denn seit gestern, seit dieser Glücksstunde in Chillon ereignet? Es war doch noch alles wie ehedem. Dort war die helle Tapete, dort das Fenster mit den faltigen, weißen Vorhängen, die im Sturmhauch flatterten, dort drüben schwarz, hochragend die Savoyer Alpen, alles wie sonst, alles wie gestern. Was war nur gekommen und hatte die Welt verdunkelt, die gestern so hell und freudig strahlte, wie nie zuvor? Sie sann und grübelte. War dieses Glück so gebrechlich gewesen, dass eine fremde hübsche Frau es vernichten konnte, austilgen, ausrotten ohne Rest? Hatte sie die Lebensfreude nicht in sich verschlossen getragen, warm behütet im Busen? Wie kam sie nur zu diesem unbegrenzten Gefühl des Verlassenseins? Sie grübelte und grübelte. Und plötzlich grinsten sie die Gespenster der Nacht an. Ein kribbelndes Gefühl des Unbehagens kroch an ihrem Körper entlang. Woher war nur dieses jähe, wilde Verlangen gekommen? Sie fasste diesen taumelnden Zustand nicht mehr, jetzt in ihrer willenlosen Schwäche. Und plötzlich flossen ihre Tränen.

»Nein, nein«, weinte sie, wie ein um Verzeihung flehendes Kind, und hatte auch das Unterbewusstsein, dass sie das Schicksal um irgendeine Vergebung bitte, »so will ich's nicht. So will ich's ja gar nicht. Das war Verirrung eines tollen Augenblicks, das begehre ich nicht. Nur gut soll er zu mir sein, wie bisher.«

Sie hob kindlich betend die Hände. »Nur bei mir soll er sein wie alle diese hellen Tage. Mich anblicken, mir seine Gedanken anvertrauen, sich freuen an meiner beratenden Klugheit.« Sie bereute bitter die Ungerechtigkeit, mit der sie ihn vorhin geschmäht hatte. Nein, nein, er war gut und klug und ein starker Könner.

Er war so groß, wie sie ihn immer gesehen hatte. Und nur diesen zum Lichte strebenden Menschen in ihm begehrte sie. Mochte doch das andere diese Andere hinnehmen. Auf das Tier in ihm erhob sie keinen Anspruch.

Da war es ihr, als sänge draußen der Sturm ein wiegendes Schlummerlied. Sie streckte sich wohlig. Die schweren Nebel um ihr Haupt teilten sich – alles war doch gut – ja – was wollte sie noch! Er hatte sich vorhin ihrer gar nicht geschämt. – Solcher Unsinn! Alles war Einbildung ihrer närrisch erregten Fantasie. Aber das war nun alles vorüber, abgetan, nie gewesen. Sie legte die Arme müde unter den Kopf. Sie würde ihre Wünsche in Zukunft in Zucht und Züchten halten. Sie lächelte über das Wortspiel traulich vor sich hin. So – und nun war alles wieder wie gestern, wie heut' morgen, da sie froh beschwingten Sinnes auf ihn gewartet hatte.

Sie schloss müde die Augen. Ja, schlafen, traut geborgen sich einschmiegen in dieses kosige Bewusstsein, dass alles wieder gut war. Hell und warm war es. Da war auch sein kluges Gesicht – wie es lächelte! »Lieb«, sagte er, so zart, wie er es nur sagen konnte. Und er streichelte ihre Hand und führte sie am See hin, und der tobte nicht mehr und warf keine hohen, gischtigen Wellen. Nein, er ebbte silbrig wie stets und dahinten ging rot und flammensprühend die Sonne zur Rast. Und er rief »Fräulein Irene«. Sie hörte es ganz deutlich. »Fräulein Irene.« Weshalb er nur so dringlich rief, da sie doch bei ihm war! »Fräulein Hey!« Und sie antwortete: »Kommen Sie doch zu mir!« Wenn er so rief, musste sie ihm doch antworten. Beim Klang ihrer Stimme fuhr sie auf und starrte wirr zu ihm empor. Verblüfft stand er an ihrem Bett.

»Ich glaubte, Sie riefen ›Herein‹,« entschuldigte er sich.

Sie suchte sich in die Wirklichkeit zurückzuraffen. »Ich muss wohl geträumt haben«, stammelte sie noch ganz verstört.

»Geträumt? Oh, habe ich Sie geweckt?« bedauerte Wilm.

»Geweckt? Nein, nein,« sie blinkerte mit traumscheuen Augen und wusste nichts, als dass er bei ihr war. Ein überschwänglicher Glücksrausch durchbrauste ihren Körper und durchglutete ihr Gesicht, dass die zarte Haut der Wangen in einem metallischen Bronzeton aufglänzte. Er lächelte. Nie zuvor war sie ihm so liebreizend erschienen.

»Es tut mir sehr leid, dass ich Sie aufgescheucht habe.« bedauerte er. »Ich wollte nur fragen, wie es mit dem Spaziergang steht. Es ist ein wenig rau und nass.«

Jetzt hatte sie ihre torkelnden Sinne in ihrer Gewalt. »Wollen Sie mit mir gehen?« Es war ein Kinderjubel.

Einen Augenblick durchleuchtete ihn der Gedanke, dass die schöne Frau am Ende recht habe und das junge Weib da vor ihm ihn liebe.

»Ja, natürlich will ich,« entgegnete er. »Mir ist der Sturm gerade recht. Wenn Sie sich stark genug fühlen und das feuchte Wetter nicht scheuen.«

»Nein, nein, im Gegenteil. Je toller es braust, desto wohler wird mir. Ich fühle mich so kräftig.« Sie stemmte die Füße fest gegen die Matratze, dass die Knie sich hoch aufbäumten unter der Decke. »Ah, gegen den Sturm anzukämpfen! Gleich, gleich. Ich bin sofort fertig.«

»Ich werde unten in der Halle warten.«

»Ja bitte. In fünf Minuten bin ich unten.«

Er nickte ihr zu und ging. Eine lachende, helle Fröhlichkeit weitete ihr den Busen und hob ihr das Herz leicht in der Brust empor. »Miss Thomson«, rief sie eifrig, »Miss Thomson!«

Aber keine Miss Thomson hörte. Sie saß im Lesesaale.

Kurz entschlossen sprang Irene Hey aus dem Bett, lief behänd an ihren Stöcken dahin und dorthin, wusch sich mit Eifer, Eau de Cologne und emsigem Gesumm, wechselte das Kleid, stülpte den schönsten Hut auf, band hier ein kokettes Bändchen, dort ein raffiniertes Schleifchen und fand, dass sie wirklich allerliebst aussah. Und sie spürte keine Ermattung, obwohl sie sich seit Jahren zum ersten Male ohne Hilfe ankleidete, und trällerte ein Liedchen vor sich hin und begriff nicht, dass sie vorhin so unglücklich gewesen war. Und jetzt schämte sie sich ehrlich der letzten Nacht. Nicht aus Prüderie, wahrhaftig nicht. Dazu war sie ein zu gesund und zu frei denkender Mensch. Aber es schien ihr, als wäre das nicht das Lebenswerte. Sie wollte an seinem Arm dahingehen, sich mit ihm freuen am Grau des Tages und Toben des Sturmes und dem Grausen trotzen und stolz mit ihm ihre Kraft gegen die wilden Naturgewalten erproben. So sollte es sein. Und so frisch und kameradschaftlich verwegen wollte sie die Erinnerung hinüberretten in ihr späteres Leben, wenn es dunkel um sie geworden war. Schnell, nur schnell die Handschuhe – Gott, wo waren die feinen, neuen, langen, schwedischen? – Er wartete doch! Ja, so sollte es sein. Mit ihm wandern und die Welt mit ihrer Herrlichkeit einschlürfen und fühlen, wie er sie als *Mensch* achtete und schätzte, als vollgültigen, klugen, verstehenden Menschen. Das war es. Alles andere war nächtlicher Spuk, Ausgeburt ihrer aufgewühlten Fantasie. Fort damit. Das wollten die »Weibchen« auch. Irene Hey hatte mehr und besseres zu geben und zu nehmen.

Mit beflügelter Anstrengung tastete sie sich an der Wand des Flures bis zum Lift. Als sie unten in der Halle anlangte, sprang er sofort auf, – freudig, wie sie sah – hm, sie gefiel ihm wohl, fesch, wie sie heut war, gelt? – gab der anderen die Hand – ein bisschen flüchtig – die Frau spöttelte: »Wollen Sie wirklich durch diesen Sturm planschen?«

»Ja, wir sind ja wegefest«, antwortete er und kam eilig auf Irene zu.

»Das ging aber fix«, lobte er und betrachtete sie sehr wohlgefällig, »und so fein haben Sie sich bei dem Wetter gemacht!«

»Gerade,« lachte sie, »dem Sturmwind zu Ehren. Er muss doch etwas zu zausen haben.«

Fest und ohne Schwanken schritt sie an seinem Arm zur Tür hinaus, im Herzen den Stolz der Siegerin. Die andere sollte nur ruhig ihre Lorgnette noch stierer vor die Glotzaugen pressen. Nicht das leiseste Zittern würde sie entdecken, dessen er sich zu schämen brauchte. Jawohl, Irene Hey saß bei solchem Brausewetter nicht hinterm Ofen wie gewisse Kunstprodukte, die fürchteten, ihre Zuckersüße könne sich bei einem bisschen peitschenden Regen in hässliche Schlamperei auflösen.

Von solchem Triumphgedanken gestrafft, ging sie neben ihm die Promenade entlang. Der Wind pfiff ihnen neckend um die Ohren, ließ ihre Röcke lustig flattern und spielte Fahne mit ihrem lila Schleier. Und die Wangen röteten sich von der sieghaften Anstrengung des Überwindens und die Augen funkelten hell und kampfesfroh. Eine Weile sprachen sie nichts. Sie fühlte aber seinen streifenden, bewundernden Blick. »Ein tüchtiges Weib sind Sie«, sagte er endlich.

Sie lächelte stolz.

»Wie gut Kontraste tun!«, rief er eifrig.

»Kontraste?«

»Ja, sehen Sie mal, nun haben Sie mich auf die Idee zu diesem Buche gebracht, es ist in mir lebendig geworden, – sehr lebendig, ich habe es fix und fertig im Kopfe, habe auch schon mit der Niederschrift begonnen – und doch –

so ganz klar ist es mir doch erst heute – vielleicht in diesem Augenblick – geworden.«

»In diesem Augenblick?«

»Ja – durch –« er schwieg, ein Windstoß drückte sie gegen die Steinwand. Er stellte sich schützend vor sie und in einer überraschenden, zärtlichen Regung strich er ihr die zerzauste, feuchte Haarsträhne unter den Hut zurück.

»Danke«, sagte sie, und wunderte sich, wie still und gewohnt ihre Stimme klang.

Er nahm wieder ihren Arm und ging weiter. »Ja, – heute erst. Haben Sie die Dame gesehen, mit der ich vorhin sprach?«

Irene Hey wurde innerlich so kalt. »Die mit dem rötlichen Haar?« heuchelte sie. Es war ihr, als ob die Luftröhre sich plötzlich verkürze, so schmerzhaft zog sie im Halse.

»Ja, die,« bestätigte er nickend, »sie ist – Gott, dunkel empfunden habe ich es ja die ganze Zeit. Unsinn, dunkel! Klar und deutlich, sonst hätte ich das Buch ja nicht konzipiert. Heute, das war wohl mehr die Probe aufs Exempel.«

»Wovon handelt denn Ihr Buch?«, fragte sie.

»Ich kann es Ihnen ja auch schon jetzt sagen,« entschloss er sich, »Eigentlich wollte ich Sie damit überraschen beim Vorlesen. Aber auch wenn Sie die Ideen kennen, wird es der Wirkung des Buches hoffentlich keinen Abbruch tun.«

Sie schüttelte ermunternd den Kopf.

»Ich schildere eine Frau«, begann er zögernd, suchend, »wie Sie – genau, wie Sie sind, soll sie sein, wenn es mir gelingt. Das wissen Sie ja bereits. Und einen Mann – mich also. Selbstbildnis ist zwar nicht leicht. Aber es muss mir gelingen. Sehen Sie mal –« er blieb im Winde stehen und ließ ihren Arm im Eifer der Erklärung los – »ich will gar nicht sagen, dass zwischen uns die Sinnlichkeit nicht ihr feines Lied summt.« Er nahm wieder ihren Arm und führte sie weiter. »Sinnlichkeit im lautersten Sinne. Die schweigt zwischen Mann und Weib wohl nie ganz. Sie verstehen mich?«

Sie blickte starr auf den regenschwarzen Asphalt.

»Es macht mir Freude, zu sehen, wie weich Ihr reiches Haar sich auf Ihrer klugen Stirn wellt. Es beglückt mich, dass die Haut Ihrer Wangen samten und duftig ist, wie Kelchblätter der Rose sind, – jawohl –« Er lächelte zutraulich stolz – »das habe ich bemerkt. Das alles ist doch wohl ein Hauch von Sinnlichkeit. Aber das Beglückende in unserm Verkehr ist, dass sie nur wie ein seidenes Tuch ist, auf das unsere Seelengemeinschaft ihr goldenes Brokatgewebe schlingt. Das ist es. Dieses gleichzeitige Aufstrahlen unserer Augen im Glanze der Sonne, dieses Wiegen unserer Gedanken auf den Wellen dort draußen, dieses tapfere Hand-in-hand-Trotzen gegen den Sturm. Dieses gemeinsame Verstehen des Ewigen in dem Tosen der Wogen dort draußen und dem flatternden Hasten des sturmgebogenen Segels dort drüben, diese schöpferische Vereinigung meines männlich-kühlen Intellekts mit Ihrem warmen weiblichen Gefühl. Daher sind mir so viele meiner ältesten abgenutzten Gedanken aus Ihrer lieben Hand verjüngt und blankgeputzt zurückgegeben worden. Daher scheint mir die Sonne wärmer und segenspendender als ehedem, daher duften mir die Fliederbäume wie noch in keinem Frühling, daher ist mir die Welt an diesem düsteren Sturmtage so viel lichter und kraftfreudiger als an so manchem klaren Sommertage.«

Sie nickte still.

Da lachte er leise auf. »Nun habe ich Ihnen fast eine Rede gehalten. Aber es überkam mich plötzlich, dass –«

»Ich verstehe sehr gut«, sagte sie und staunte, dass kein rechtes Glücksgefühl in ihr aufkam.

»Ja –«, fuhr er gesprächig fort, »sehen Sie, die andere spricht auch fortwährend von Seele und Zusammenklang der Herzen pp. Aber es ist nur ein Mäntelchen, das sie kokett um ihren nackten Busen hängt. Und das lüsterne Weiß der Haut schimmert bei jeder Bewegung des Körpers hervor.« Er lachte.

Sie nickte wieder und konnte sich nicht versagen, mit einer fast spöttischen Bitterkeit zu bemerken: »Und Sie? Wenden Sie peinlich berührt das Gesicht?«

Er wandte verwundert die Augen dem ungewohnten Klang ihrer Stimme zu. »Nein,« gestand er langsam. Und dann schmunzelte er: »Wahrhaftig nicht. Ich behaupte ja auch gar nicht, dass solche Weibchen eine peinliche Erscheinung sind. Nein. Ich tadele und lobe nicht. Dazu bin ich viel zu fest davon durchdrungen, dass alles, was die Natur geschaffen hat, seine Berechtigung findet. Auch bin ich durchaus nicht prüde. Bei Leibe nicht. Eine rechte, frische, ehrliche Sinnenlust, sapperment nochmal, vor der habe ich Achtung. Nur diese Scheuklappen-Sinnlichkeit, die hetzt alle bösen Instinkte in mir auf. Aber davon wollte ich gar nicht sprechen. Ich wollte nur sagen – und das ist wahrhaftig nichts Neues: Das Beste zwischen Mann und Weib ist das Seelische. Und gerade *ich* will es in meinem Buche sagen, *ich*, der frohe Sinnenmensch. Ich will es aus tiefstem Gemüte und herrlichster Erfahrung sagen. Und dass ich es sagen kann, das – ja – Irene Hey, das danke ich Ihnen.«

Jetzt blieb sie stehen, ihre Röcke knatterten im Winde. »Doktor Wilm«, sagte sie, »ob Sie da nicht willkürlich trennen! Glauben Sie nicht, dass sich beides vereint findet? Meinen Sie wirklich, es gibt kein Weib, mit dem ein Mann im weltenweit ernsten Einklang des Gemütes schwelgen und das ihm doch in heiligen Stunden das Weiblichste geben kann? Glauben Sie das wirklich?«

Sie hatte ganz leise gesprochen. Der Wind verwehte fast ihre Worte. Wilm nahm sacht ihren Arm und führte sie weiter.

»Ja, – liebes Fräulein Irene,« schüttelte er traurig den Kopf – »in Bilderbüchern laufen solche »hehre« Frauen zu Dutzenden herum. Jeder bessere Romanschreiber hat eine wohlaussortierte Musterkollektion am Lager. Im Leben – gewiss gibt es solche – gewiss. Mir persönlich ist noch keine begegnet. Vielleicht liegt es an mir. Mag sein, der feine Instinkt solcher Frauen warnt sie vor mir. Mir sind meist Weibchen begegnet. Nette, hübsche, liebe, oft auch sinnige. Aber immer doch nur Menschlein. Das Idealbild, das man so aus der Jünglingszeit noch in der Brust herumträgt –« Er machte eine vage, traurige Bewegung mit der freien Hand und fügte hinzu: »Aber ich glaube selbst, es ist mein persönliches Missgeschick, und ich weiß auch, es ist ein Unglück für meine Entwicklung als Künstler.«

Er wischte einige zudringliche Regentropfen von der Wange. Sie glaubte, die verborgene Tragödie seines Lebens durch seine Worte schauern zu hören. Und eine Stimme in ihr rief: »Jetzt – jetzt – sage es doch. Rufe ihm zu, dem Blinden, dass die, die er sein Leben lang gesucht hat, neben ihm durch den Düstertag schreitet. Lass den Augenblick nicht feige verrinnen. Raff dich auf, packe dein Glück beim Schopfe und gib ihm das seine, das ersehnte. Nimm ihm den Wahn, du würdest ihm nicht geben mit vollen Händen, mit segnenden, dankbaren Händen, alles, was an dir gebenswert ist, wenn er es begehrte.«

Sie fühlte, wie die Sekunden schicksalsschwer, unwiderbringlich vertropften. Ihr wurde schwindelig bei dem Gedanken, dass die einzige Gelegenheit, ihr Leben mit beiden Fäusten zu fassen, vergleite. Sie tastete nach seiner Hand. Er glaubte, es gelte einem zarten Versuch, ihn zu trösten. Da lächelte er leicht: »Wenn man solch Körnchen Wahrheit klipp und klar aus der Wolle des Lebens herausschält, nimmt es sich tragischer aus, als es im Grunde ist. Im Leben bleibt es unter all dem anderen Augenblicksstoffe eingehüllt. Für meinen Werdegang als Künstler ist es ein trauriger Verlust. Es hätte mir gut getan, als Werdender unter den Einfluss eines großen weiblichen Menschen zu kommen. Im Übrigen –« er lächelte dieses eingebildete Lächeln, das sie nicht ertragen konnte – »ist es auch so ganz hübsch geworden.«

Da wusste sie, dass sie sich verschwiegen hatte. Saß sie es nun nicht mehr hervorstammeln konnte. Nein, jetzt nicht mehr. Die Stimmung war mit dem rieselnden Regen zu Boden getropft. Und plötzlich fasste sie ein aufpeitschender Grimm, dass er, der »große Psychologe«, neben ihr in seiner männlichen Selbstgefälligkeit hertrottete mit blinden Augen, die nicht das Strahlen seines guten Lebenssternes dicht an seiner Seite gewahrten. Das Märchen von dem Toren fiel ihr ein, der das Glück sucht und es verblendet ahnungslos tötet, als er es gefunden hat, um das Glück zu finden. Und dann flaute der Zorn zu einer wehen, stillen Traurigkeit hinüber.

»Wir wollen in den Friedhof gehen«, bat sie unvermittelt und deutete hinüber.

»Bei dem Wetter?«, warnte er. »Es wird sehr feucht auf den Abhängen sein.«

Sie schüttelte den Kopf. »Kommen Sie. Ich wollte schon immer einmal hinein, »Ich liebe diesen Ort des Todes am Weinbergshang. Sehen Sie dort oben in den tiefhängenden Wolken die letzte Gräberreihe dicht an den letzten Reben? Es ist ein solch guter, beruhigender Gedanke, dort einmal still und fertig zu liegen. Später wird der Kirchhof vielleicht verlegt, kann man sich einbilden, und der Wein zieht wieder über die Gräber fort hernieder bis ins Tal. Dann wird man zu einer Traube – und dann« – sie zwang sich zu einem den tieferen Sinn umhüllend bergenden Lächeln – »berauscht man am Ende doch einmal.«

»Wie schöne Gedanken Sie aus allem keltern.« bewunderte der Dichter, während sie hinübergingen. Und dann vertiefte er sich in eine tiefsinnige Erörterung des Werdegangs der Moleküle und der Unsterblichkeit, die darin liege, dass im Weltall nichts verloren gehe.

Irene Hey vernahm nur den Klang seiner Stimme. Während sie an seinem Arm an all diesen Gräbern dahinging, in denen Montreux-Pilger aus allen Weltteilen friedlich beieinander ruhen, wurde es so bleich und matt in ihrer Brust. Sie begriff nicht, dass er nicht ahnte, wie sehr sie ihm gehöre. Ach, sie konnte es auch nicht begreifen, die arme, junge Irene Hey, weil ihr im törichten Rausche ihrer ersten Liebe das Bewusstsein und das Maß ihres Gebrechens verloren gegangen war, und weil der Wahn sie ergriffen hatte, dass sie ein Mensch, wie all die andern, sei mit berechtigten Ansprüchen auf Glück und Licht und wundervolle Erfüllung.

XII.

Es vergingen einige Tage, an denen Wilm sich spendend zwischen der kranken Freundin und der schönen Frau teilte. Frau Weigand beteuerte immer noch, dass sie ewig ihrem Manne, Wilm, dass er unentwegt seinen lockeren Anschauungen treu bleiben werde. Irene Heys eifersüchtig-scharfe Augen sahen, dass bei diesem Wettstreite der Treue diejenige des Mannes die zuverlässigere war.

Ja, Irene Hey war eifersüchtig. Sie war schmal und bleich in diesen Tagen geworden. Es half ihr nichts, dass sie sich immer wieder vorredete, er gebe ihr alles, was sie von ihm verlange. Sie wolle nur seine mitteilende Freundschaft. Das half ihr gar nichts. Was konnte ihrer armen Liebe auch alle Vernunft helfen. Da brach der

Stab der Klugheit, auf den sie ihre zitternden Hände stützen wollte. Sie liebte Wilm mit dem Unverstand und der vernunftlosen Zähigkeit der ersten hoffnungslosen Liebe.

Und wenn der Mann abends mit Frau Weigand in den Kursaal gegangen war und sie einsam auf ihrem Balkon saß und in die weißlich-blaue Sternennacht emporgrübelte, schmiedete sie krause Mordpläne gegen den verhassten Rotkopf. Vergiften wollte sie dieses Weib oder in den See stoßen oder es an diesem herausfordernd funkelnden Haarschopf packen und mit der Stirn gegen die Steinmauer schmettern, dass die Knochen splitterten – ja – ja. Oh, sie würde Kraft haben. Berserkerkraft.

Sie badete ihren Hass in diesen bluttriefenden Plänen und kühlte ihre rauchende Wut am Todeszucken und röchelnden Stöhnen der Feindin, bis sie zur Besinnung kam und begriff, dass alles eitel Fantasie sei und dass die andere jetzt bei ihm saß im Varieté des Kursaals, und ihm zulächelte – mit diesen kokett glitzernden Perlmutterzähnchen, – und dass sie hier hocke, ganz allein – ganz allein in dieser flüsternden, weiten, ahnungsvollen Nachtwelt. Dann legte sie die mordlüsterne, fiebernde Stirn auf die kalte Platte des Eisentischchens und weinte hilflos wie ein verlassenes Kind.

Heut Nacht hatte Irene Hey gerast wie niemals zuvor. Sie war aufgestanden und ins Zimmer geschlichen, hatte mit irrenden Fingern nach dem Fläschchen mit dem Morphium gegriffen, das sie sich im Laufe ihrer langen Krankheit heimlich zusammengespart hatte, für alle Fälle, wenn sie doch einmal ihres elenden Kummerdaseins unüberwindlich müde sein sollte. Ihre Hand hielt zitternd die Flasche, in der die helle Flüssigkeit im Lichte der Glühbirne fluoreszierte. Wenn sie sich ins Zimmer der anderen schlich, ganz leise, keiner würde sie hören – und es dem Weibe ins Glas goss?

Vielleicht half ein Zufall, sie trank und – – Doch das Fläschchen stand unschädlich auf dem Nachttisch und Irene Heys Gesicht presste sich schmerzend auf die Tischplatte. Dumpf brach sich ihr Stöhnen an dem kalten Eisen.

Heute war der böseste Tag gewesen, sie war am Nachmittag zu schwach, mit Wilm den gewohnten Gang zu tun. Da hatte die andere ihn begleitet. Und als sie vor dem Essen heimkehrten, rot und erhitzt vom Marsche, hatte er die beiden Frauen in der Halle endlich miteinander bekannt gemacht und war ins Schreibzimmer gegangen, seine Briefschaften zu erledigen.

Da hatte Frau Weigand der neuen Bekannten von ihrem Spaziergange erzählt, und fast hinter jedem Wort lauerte eine Bosheit und sprang hervor und stieß der armen Irene Hey ihren spitzen, giftgetränkten Dolch in die bebende Brust. Denn auch die schöne Frau hasste das junge Weib, in dem sie die geistig überlegene Rivalin witterte.

»Oh, es war herrlich«, rief die Gute begeistert, »und Doktor Wilm war ganz aus dem Häuschen. Er sagte, es sei ganz etwas anderes, als diese gewohnte Trottelei auf den ebenen Wegen. Ja, Fräulein Hey, schon als Kind hatte ich immer solche Sehnsucht nach unbetretenen Wegen.«

»Verbotenen Wegen?« warf Irene fragend ein. Die andere lachte, aber ihr Auge funkelte.

»Ja, nennen wir es so, liebes Fräulein. Ich war immer ein eigenartiges Kind. Das schönste meiner Kindertage war, mit meiner Bonne an einem fremden Ort neue Wege auszutüfteln. »Auf Kolumbusfahrt gehen« nannten wir das. Das habe ich heute zusammen mit Dr. Wilm getan. Oh, es war herrlich.« Sie reckte ihre Glieder, als durchströme sie eine beseligende Erinnerung. »Wir gingen hinter der Kirche in die Gorge de Chauderon. Ach, ich liebe diese Schlucht so! Sie ist so wildromantisch, nicht wahr? Waren Sie schon dort?«

Irene Hey nickte.

»Nun ja – und dann stiegen wir in den Wald weglos hinein, immer hinan an den Berglehnen. Ein bisschen beschwerlich war es ja, aber ich bin sehr gut zu Fuß. Und dann ist Dr. Wilm ein solch aufmerksamer und« – sie lächelte erinnerungsschwelgend – »so starker Kavalier. Über ein Rinnsal hat er mich einfach hinübergetragen. Hätte ganz gut hinüberspringen können – Körpergewandtheit war immer meine starke Seite, das sagte ich ihm auch. Aber, schwupp, fasste er mich um die Röcke, hob mich hoch und trug mich hinüber.«

Irene Hey sank trotz aller Beherrschung ein wenig zusammen. Da rief die andere tröstend: »Gott, es mag nicht ganz salonfähig ausgesehen haben, trotzdem er wirklich furchtbar dezent war. Wirklich. Aber hier im Bade, nicht wahr? Und dann, Fräulein Hey, wenn man so allein in Gottes schöner Natur unbegangene Pfade wandert, mit diesem Entdeckungseifer im Herzen, da kommt man sich so unmenschlich nahe. Da gibt es einfach keine Konvention, Dr. Wilm sagte, Sie wären so intelligent. Darum getraue ich mich, Ihnen alles dies zu erzählen. Ich weiß, *Sie* werden es verstehen.«

»Ich verstehe es«, sagte Irene Hey mit seltsamer Betonung.

Frau Weigand erzählte unentwegt weiter: »Und plötzlich standen wir hoch oben auf einem Weinberge. Ganz oben. Tief unten lag klein und unansehnlich der See. Oh, es war wundervoll. Das können Sie sich gar nicht vorstellen. Die Natur, die sich da offenbarte. Und vor allem zu sehen, wie es aus diesem Manne hervorbrach – der Dichter, wissen Sie. Elementar – eruptiv – die Begeisterung, als er die weite Runde sah. So etwas habe ich denn doch noch nicht gesehen. Gott, er ist nicht der erste Künstler, der mir begegnet. Wir führen ein großes Haus in Berlin. Aber hier, so in der freien Natur. Wunderbare Dinge hat er gesagt.«

Irene Hey bewegte kein Glied. Scharf, wie aus Stein gehauen, stand ihre Nase in der Luft. Sie hatte sekundenlang Mitleid mit Oskar Wilm und seiner Profanierung.

»Und dann gingen wir die gewundenen Pfade des Weinbergs. Sie werden ja auf solchen Bergen gewesen sein. Zwischen hohen, engen Steinmauern ging's dahin. Wie in Italien war's. Die brütende Sonne über uns und die weißen Wände, die die Glut zurückwarfen. Und alles so grell, dass es den Augen wehe tat. Und possierlich hüpften aufgescheuchte Eidechsen in die Mauerritzen, und überall lagen diese ekligen, klebrigen Wegschnecken. Eh! Aber es gehört dazu. Diese Stimmung lässt sich nicht schildern, Fräulein Hey. Das heißt von mir nicht. Dr. Wilm sagte, er würde es in seinem neuen Roman tun, der hier herum spielt. Man dringt dort oben ganz anders in den Charakter des Landes ein. Wie im Herzen der Gegend ist es.«

»Ja, Wilm hat schöne Bilder«, musste Irene Hey da sagen.

Ein sengender Blick aus den braunen Augen traf sie. »Ja – die hat er,« bestätigte sie, rote Streifen des Ingrimms auf ihrer leuchtend hellen Haut. »Auf solcher Höhe kommen die Höhengedanken von selbst. Die Erdenlast bleibt unten im Tal. Auch das hat Dr. Wilm gesagt, da Sie ja auf jedes seiner Worte solchen Wert legen. Aber« – sie beugte ihr Gesicht zu Irene vor, ein feiner Parfümhauch koste die Kranke – »unter uns Frauen gesagt, seine Worte waren dort oben das geringste. Glauben Sie nicht, Fräulein Hey, ich sei nicht für das Geistige. Oh – sehr. Aber es war wohl das Schönste, was ich in meinem Leben gesehen habe: in dieser vor Hitze glitzernden Luft diesen Mann in seinem leuchtenden, weißen Anzuge mit dem hübschen, gebräunten, männlichen Gesicht und diesem schlanken, eleganten, elastischen Körper – der Mann hat ja eine Figur! – Wie ein Urbild der Kraft und Männlichkeit erschien er mir. Doch« sie lachte auf – »was fabele ich Ihnen da vor. Sie haben ja genug Spaziergänge mit ihm gemacht.«

»Ich habe immer mehr an seinem Munde als an seiner Figur gehangen«, bemerkte Irene.

Da hieb die schöne Frau eine feste Parade: »Ja, das müssen Sie ja leider. Armes Kind. Aber es ist nur gut für Sie, dass Sie soviel Interesse am Geistigen haben.«

Ehe Irene noch etwas zur Wehr entgegnen konnte, kam Wilm zurück und das Gespräch brach ab. – –

»Ach – Wehr«, dachte sie jetzt – »sich wehren!«

Sie fühlte sich plötzlich so matt in ihrer Hilflosigkeit, so matt und schwach und wehrlos. Nein, eine Kämpferin war sie nicht. Nein, nein. Doch ihre Liebe schrie in ihr auf und rang verzweifelt die Hände. Dieses Weib zog er ihr vor, dieses hohle, nichtige Geschöpf. Ja – ja – sie war sehr schön. Das war sie. Und fein und rosig und appetitlich – ja – ja –! Sie konnte die Sinne eines Mannes wohl berauschen. Die ja. Aber – nein – nein – –, sie weinte in ohnmächtiger Wut auf – sie ließ ihn sich nicht nehmen. Er gehörte doch ihr – sie hatte ihn doch zuerst besessen – ehe dieses Weib gekommen war. Sie ließ ihn sich nicht von der Seite reißen. Von der nicht, nicht von dieser eitlen Larve. Etwas tun musste sie. Nicht so untätig zusehen, wie sie den Ahnungslosen umgarnte, diese Circe. Sie musste doch kämpfen. Ja – natürlich. – – – –

Ertrotzt musste es werden.

Sie richtete sich auf und starrte in die helle Nacht. Um ihn ringen. Ohne Kampf war kein Erfolg. Wusste sie das denn nicht? Hatte sie es nicht hundertmal gelesen? Sah sie es nicht mit eigenen Augen rings umher, selbst in dieser scheinbar ruhenden Natur? War nicht überall Kampf und Ringen um das Leben, um alles Lebenswerte? Gab das Leben milde Gaben? Half da ein totwundes Niederlegen? Nein, nein, nein. So kam das Glück nicht. –

Sie sann. Ja was? Was denn? Wie sollte sie mit ihren zitternden Armen kämpfen gegen dieses große, kraftstrotzende Weib? Wie –? Wie denn? Sie dachte nach, dass die Adern an den Schläfen bläulich hervortraten. Flüchtig streifte sie wieder der Mordgedanke.

– Unsinn. – Und dann straffte sie den Oberkörper steil im Stuhle und starrte grübelnd auf das schwarzsilbrig blinkende Wasser. Das ja – sprechen – ja – zu ihm reden – wie nie ein Mensch zu ihm gesprochen hatte – ihm das Letzte sagen – das Innerste – ohne Scheu sich ihm seelennackt zeigen – alle Hüllen herabreißen – ihr Gemüt, ja, das war ihre Waffe – die Seele siegen lassen über den lockenden Leib dieser Frau

– ihm schreiben all ihre Liebe – all ihren Jammer

– nein, nicht Jammer – groß und schlicht schreiben

– als Weib – das ja.

Sie tastete an ihren Stöcken zum Schreibtisch. Und ohne Überlegung schrieb sie:

»Komm zu mir. Komm sofort, wenn du dies gelesen hast. Ich weiß, du wirst nicht staunen und dich nicht wundern. Du wirst nicht lachen und nicht denken: also doch. Ich weiß, das wirst du nicht. Du bist ja so viel tiefer und größer als du vielleicht selbst weißt. Ich habe es oft, wenn du mit mir sprachst, empfunden, oft, wenn du so zart und feinfühlig zu mir warst. Alle diese Zeit hier habe ich gefühlt, ein wie guter und kluger, schöner Mensch du bist. Wie hättest du sonst zu mir so rührend gut sein können? So sind nur wahrhaft große Menschen. Du bist ein wenig verdorben, mein lieber Bub, von diesen Berliner Frauen, die dich verzogen und das Kindlich-Reine in dir ein wenig geschändet haben. Glaube es meiner Liebe. Es schmeichelte dir und hatte für deinen jungen Sinn seinen Reiz. Ich begreife es so gut, mein lieber Junge. Aber glaubst du, sie hätten dich geliebt, dich, den reinen, guten Menschen, der unter all diesem Zynismus tief in dir verborgen liegt? Glaubt dein hellseherischer Verstand das? Aus Spielerei haben sie sich dir gegeben, aus Sensationslust, um den Kitzel zu befriedigen, den »gefährlichen Weiberverführer« und bekannten Schriftsteller zum Geliebten zu haben, glaube es, mein Geliebter. Wirf dich nicht fort, mein Junge. Du bist dazu wahrhaftig zu schade. Du sagtest es selbst neulich, und ich weiß, es ist wahr: deine Entwicklung wäre eine ändere geworden, wenn du an ein dir ebenbürtiges Weib gekommen wärst. Und nun, Geliebter, ich sehe sehr wohl, nach dieser Einleitung klingt es, als hätte ich nur für mich gesprochen: Ich schwöre dir, bei meiner Liebe schwöre ich es dir, ich habe es nicht. Du wirst das auch verstehen. Ja – ja – ja – ich liebe dich. Habe dich geliebt, ehe du mich noch angesprochen hattest – so scheint es mir jetzt. – Wer weiß das? Die letzten Wochen verschwimmen mir in einem Strom von Glück und bitterem Schmerz. Ich habe mir hundertmal vorgeredet, ich will nur deine Freundin sein. Jetzt kann ich nicht weiter. Ich will mich in dir auflösen, du Geliebter, vergehen will ich in dir. Öl will ich sein in der kostbaren Lampe deines Lebens. Vielleicht nur ein Tropfen, der schnell verschwelt. Aber aufleuchten davon soll einmal die Flamme deines Lebens, hellblau sprühend, und strahlen der Menschheit. Und wenn ich längst verknistert bin, leuchtet dir am Ende, in späten Tagen, wenn es vielleicht nicht mehr so hell um dich ist, noch einmal die alte junge Flamme dankbar hervor aus dem Dunkel. O komm, wenn du dies gelesen hast. Ich harre dein die ganze Nacht.

Irene Hey.

Während des Schreibens war es seltsam still und zuversichtlich in ihr geworden. Eine freudige Erregung läutete hell durch ihre Glücksgewissheit. Sie steckte den Bogen in einen Umschlag, schrieb mit festen Zügen darauf: »Herrn Dr. Oskar Wilm, bitte sofort lesen,« und schleppte sich durch die Gänge des Hotels hinunter, in sein Zimmer. Mt einer selbstverständlichen Unbefangenheit drehte sie das Licht an und blickte sich um. Nicht eine Sekunde lang kam ihr der Gedanke, das Stubenmädchen könne kommen und allerhand krause Vermutungen anstellen über ihre nächtliche Anwesenheit in diesem fremden Zimmer.

Hier also arbeitete er. Mit verständnisinnigem, nachsichtigem Lächeln betrachtete sie die Batterie von Flaschen, Parfüms, Essenzen und allem möglichen Kram auf dem Waschtisch. Ja, ein bisschen eitel war er, der Liebe. Aber das war sie ja auch. Und es gehörte auch zu seinem wohlgepflegten Körper. Dort hing sein weißer Tennisanzug. Sie streichelte mit zärtlichen Fingern die starre Bügelfalte der Hose. Wie komisch solch hängendes leeres Hosenbein doch aussah. Und dort lag der Rousseau, in dem er so oft gelesen hatte in den Tagen des holden Zusammengleitens, vor ihrer Bekanntschaft.

Mit einem schwellenden Frohgefühl hatte sie den weinroten Einband immer in der Gartensonne aufleuchten gesehen. Sie presste den biegsamen, kosigen Ledereinband an die Brust. Und dann sank sie auf einen Stuhl nieder, den Brief noch immer in der Hand, und fühlte sich friedvoll und wunschlos glücklich. Ihre Anwesenheit hier schien ihr so natürlich und das bloße Hiersein war so gut und eine begnadete Erfüllung.

So saß sie lange Zeit und liebkoste jeden Gegenstand im Zimmer mit den Blicken. Da nahten draußen Schritte – sie fuhr empor. Jemand ging vorüber. Sie kam zum Bewusstsein ihrer Lage. Nein, hier sollte er sie nicht treffen. Wie ein Auflauern hätte das ausgesehen. Nein. Zu *ihr* sollte er kommen.

Sie legte den Brief auf den Nachttisch. Dort würde er ihn sicher sofort bemerken – und lesen und – die Treppen hinaufspringen – sehnsuchtsbeflügelt – und an ihre Türe klopfen – nein, vielleicht auch nicht klopfen – doch, klopfen würde er wohl, und sie würde mitten im Zimmer stehen und »Herein« rufen. Die Stimme wird versagen, aber er wird doch hören. »Herein«, würde es in ihr jubeln, »Leben, du reiches, gesegnetes; komm herein.«

Sie warf einen dankbaren, abschiednehmenden Blick auf das Zimmer und gelangte ungesehen zurück in ihre Stube. Umsichtig verriegelte sie die Tür, die zum Zimmer der Wärterin führte. Dann setzte sie sich wieder auf den Balkon und wartete, ohne Zagen, ohne Erregung, ohne Ungeduld. Sie wusste, er würde kommen. Auf das Glück war gut warten. Die Balkontür seines Zimmers stand offen, sie musste jeden Laut von dort unten vernehmen. Sie würde hören, wie er ins Zimmer trat, rasch und energisch, nach seiner Art, wie er Licht anzündete, den Brief sah, stutzte, jetzt fetzte das Papier des Umschlags – er las – es dauerte Sekunden – dann ging jäh die Tür – sie eilte ins Zimmer – wartete – lauschte – leise sein Schritt auf dem Teppich im Gang – Klopfen – herein! – Sie lag an seiner Brust – fühlte seine zarte, tastende Hand auf ihrem Haar – und still war es und warm und licht. – –

Eine Uhr schlug zehn. Sie fuhr aus ihren Träumen auf. Sie fröstelte ein wenig. Und presste sich fester in den Armsessel. Fenster nach Fenster in der weiten Hotelfassade erlosch. Sie saß und wartete. Es schlug halb elf. Die Sterne blinkten heut Nacht so unruhig. Und die Platanen unten im Garten wiegten grüblerisch ihre Wipfel im Nachtwind. Und gerade, als sie es gar nicht erwartete, knirschte unten die Tür. Da hämmerte ihr das Herz doch so laut, dass sie meinte, man müsse es durch die Stille pochen hören. Jetzt schloss sich die Tür. Tastende Stille. Irene Hey atmete nicht. Das Viereck der Balkontür leuchtete gelblich auf. Tiefes Schweigen. Irene Hey beugte sich über die Brüstung. Jetzt sieht er den Brief – jetzt liest er die Aufschrift! –

Da war es Irene Hey, als höre sie eine weibliche Stimme flüstern. Sie umkrallte das Geländer und beugte sich hinab, dass sie sich fast überstürzte.

Jetzt hörte sie wispern: »Nanu – sei doch nicht so kindisch.« Und jemand zischelte zurück: »Lass mich. Du hast mir doch versprochen –«

Jetzt sagte er lauter: »Ablegen kannst du doch wohl.«

»Nur wenn du mir schwörst, dass du mir nichts tust.«

Sein helles Lachen schlitterte durch die Stille. »Legst du den Hut ab, lege ich den Eid ab.«

»Du tust mir nichts?«

»Nein doch!«

»Geh fort, ich mach's allein.«

Irene Hey sah seinen Schatten am Fenster und hörte den unverfrorenen Ton seines Spruches: »Merkwürdig, dass die Weiber den Mann erst immer zum Meineid erniedrigen, ehe sie sich seiner würdig dünken.«

Er pfiff vor sich hin. Da rief die schöne Frau: »Hier liegt ja ein Brief!«

»Ein Brief?« Er ging ins Zimmer. Irene Hey sank in die Knie. Sie sah den Vorgang dort unten in ihrer Einbildung grell vor Augen. Er las – die Frau schlich sich neugierig eifersüchtig hinterrücks an ihn heran, legte die weichen Arme um seinen Nacken und blickte über seine Schultern auf ihren Brief. Ihre Stirn schlug klirrend auf das Geländer des Balkons.

Da schrillte ein gelles Lachen durch die Nacht.

Irene Heys Gehirn fiel dumpf durcheinander. Sie hörte aus weiter Ferne noch, wie er sagte: »Lach nicht so hässlich. Das arme Ding.«

Da war sie schon im Zimmer. Kalkig grün schimmerte ihr Gesicht. Würgende Scham hielt ihr die blutige Fackel und warf kaltes, erbarmungsloses Licht auf das Absurde ihres Tuns. Grell erleuchtet lag vor ihr der ganze Weg ihrer »Freundschaft« mit all dem Lächerlichen, das sie gedacht und getan. »Krüppel –«, schrie etwas in ihrem wirren Kopf – »wahnwitziger, bettelnder Krüppel!«

Und die bebende Hand presste den Mund der kleinen Flasche fest gegen die blutleeren Lippen.